U0910837

HELLO
HELLO

WISH
YOU
BE
THE
GLOWING
ONE

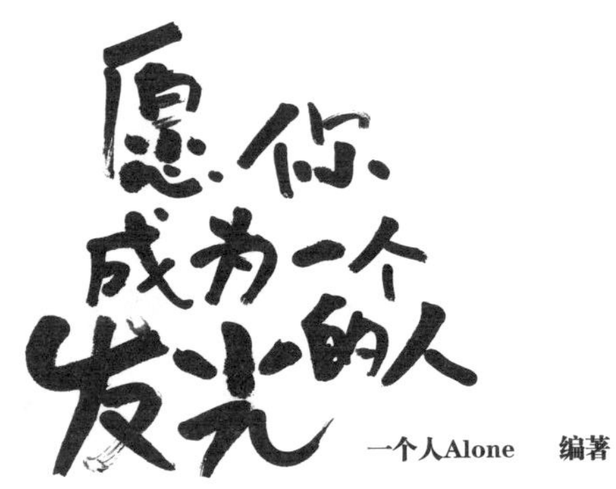

一个人Alone 编著

CNS PUBLISHING & MEDIA
湖南文艺出版社 HUNAN LITERATURE AND ART PUBLISHING HOUSE
博集天卷 CS-BOOKY

目录
Contents

势均力敌才是爱情

仿佛永远分离，却又终身相依，这才是伟大的爱情。

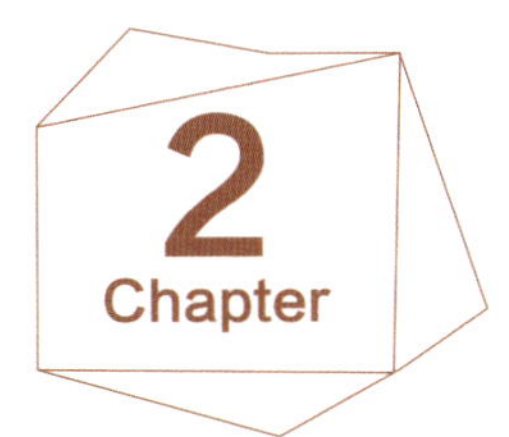

不要仗着我喜欢你，践踏我的真心

是一击即中，还是改变战术或是目标，都比自己原地踏步唱独角戏的好。
如果不爱，请认真拒绝，你的通讯录里可以没有我。

你比想象中勇敢

有时候，老天爷让你结束一段关系，并不是没收你的幸福，而是老天爷一直将你的不快乐看在眼里，心疼你，所以放你走。

爱你可以，拼命不行

这个世界上，别让不在乎你的人占有了你全部的时间，留一些给在乎你的朋友、父母、爱人。

一个人的时候，全世界都是一个人的

一个人，总和单调、孤独联系在一起。没有人觉得不孤独，有的时候这种情绪容易被放大和激发。

愿你成为一个被“嫌弃”的人

当你找到自己，成为自己本来应该有的模样，那些寻找你的人，才会辨认出你来，才能好好珍惜和爱你。

有些事，你一辈子不做也没有关系

有些事现在不做，可能真的一辈子不会做，而你也并不需要去做，删掉那些可有可无、平淡无奇……

怕你看破，用笑掩过

也许你笑他们虚伪，似乎只要一盏聚光灯打下，就必须咧开嘴，笑对人生；而灯光一灭，就躲在角落，开始逃跑计划。

前 言

你要一直记得一直努力

平凡如你我，
而在我们真正做自己的时候，
平凡就成了一个奇迹。

看这本书之前想问大家一个问题：

如果钱不是问题，你还会做现在的工作吗?

好了，你的答案是不是也是“不会”?

之前收集的结果不出所料，如果钱不是问题，90%的朋友都不愿意做现在的工作。

而每个人想做的事情都大同小异，

不外乎开店、旅行、求学、玩乐……

给90%的你们讲一个身边的故事——

我的一个朋友，名字实在潦草，李张，爹妈的姓拼在一次敷衍了事。这里面没有什么动人的爱情故事，只是究竟跟谁姓两家撕扯不下的折中产物。但这不妨碍后来的她出落成一个落落大方的好姑娘，她没有安妮宝贝笔下海藻一样的瀑布长发，也没有“小四”笔下四十五度明媚忧伤的完美侧脸，她的好在于家境一般长得一般能力一般，和万千大众一样，不出挑也不落单。即便是学生时代的梦想，也和大多数女生一样，开一家咖啡店，真是没有一点儿新意。

这种保险牌的女生用“好”来形容最为安全。

后来，她单枪匹马去了魔都，那么洋气的城市，跟咖啡店的预设真是不谋而合。

和若干个描述过理想咖啡店的女生一样，李张的想法也大同小异，如果十年前的描述过程可以用现在的短视频呈现，一定是周边梦幻圈圈加粉色星星，这家店选址要么闹中取静有一种遗世而独立的姿态，要么曲径通幽美得孤芳自赏；这家店外面是青青翠翠春天能开花的树，里面是三三两两靠一捧水都生得妖娆多姿的绿植；这家店多半养着一只常年懒散的老猫或者一群刚出生毛茸茸的小狗；这家店的装修一定小资气息泛滥，有一种“你们不懂我没关系”的决绝；这家咖啡店的女主人，文艺又清新，手工、绘画、乐器、泥塑、烘焙、书法等等，总得会上几样，或者来个调酒、刺青的暗黑路线，总之这咖啡店是她的王国，岁月荣枯，她一个人的青春阴晴圆缺，在这里一个人停泊，看很多人停泊，也期待另一个人的停泊。

再后来，我们在外滩的一家咖啡店叙旧。让你失望了，这家店并不是她的，她说她要跟另一个人回家结婚生子，共度此生，那闪闪发光的眼睛，和当初描述咖啡店的样子不谋而合。

她居然轻而易举地放弃了梦想的咖啡店。

她说不是这样的。一个人在魔都的日子，灯火阑珊的暗夜里，熙熙攘攘的人群里，那家香气氤氲的咖啡店一直在她脑子里盘旋。工作之余，她在咖啡店打工，了解客人口味的千变万化；她在学习摄影插花，希望将来自己的咖啡店美得超乎想象；她在旅行时光顾形形色色的咖啡店，看它们怎么经营得风生出水起。然后暗自攒钱，希望哪怕只是一家小小的咖啡店也好啊。

直到她遇到了他，幸好她又配得上他。

如果不是咖啡店，也许她不会那么井然有序地生活，不会那么拼命努力地学习，不会恰好遇到一些事，也不会刚好碰到这些人。她一个人专心致志地行走在开咖啡店的路上，和若干个独自行走的女生一样，未必没有软弱哭泣的时候，但作为回报，两岸夹道的风景美不胜收。这么走着走着，她的好不再是安全牌，而是她真的很好了。而在地平线那边的咖啡店，虽然没有那么不可碰触，却也没那么非它不可了，于是她择了一处好风景停驻，如果没有这一处好风景，现在的她也有足够的资本挑选其他的好风景了。

其实李张的积蓄和经验已经能够驾驭一家咖啡店了，只是咖啡店已经不是她的全部梦想了。

她还是清清爽爽的一个人，没有海藻长发和完美侧脸，但对未来却有着清晰明白的规划和游刃有余的自信。这市侩的名字终究没有阻挡她变成自己想要成为的人，过上自己想要的生活。

我们分开的时候，李张说也许很久以后她还是会开一家咖啡店，作为纪念。

多年后的今天，我的表妹打来电话，说她一个人想开一家咖啡店，问我觉得怎么样。

我说好啊，你要一直记得一直努力。

从做公众号“一个人Alone”到现在一年半的时间，
在慢慢有一些小成绩后，
有朋友眼红跟我说，也想做个公众号。
我回答，好呀好呀。
如果想正儿八经地做，你会养成手机电脑不离身，随时写文，几分钟看一次阅读量的好习惯；会患上鼠标手、颈椎病、嗅觉灵敏第一时间抢热点亢奋症；会成为资深熬夜党、鸽子王，因为阅读量没有10万以上而抑郁缠身等等，注定孤独一个人……

如果只是好玩，自己开心就好噢！

记得刚开始做这件事情的时候从来没有想过，

有一天这些文字能印成铅字，

可以在书店的某一个角落和你相遇。

从最初的只有一个人，到慢慢地有了志同道合的朋友一起参与写稿，

这些平凡而纯粹的文字，

记录着许多平凡人的生活视角和态度。

当你在阅读时与其中任何一种平凡遇见：

“这不就是我吗？”

于是那一瞬间，

平凡就成了奇迹，

而其实你本身就是奇迹。

不要指望摩羯座的话好听，

但这些真的是大实话。

做自己是我们一生的话题。

你需要的不是一篇文章、一本书，

而是用平和谦卑的心态去对待生活，

所以这也是做“一个人Alone”的初心。

因为，我们都是一个人成长。

所以，我们也不再是一个人。

我们从别人的影像里看到自己，

用自己的思考再度成长。

希望我们能发现自己生活中那些平凡的奇迹，

希望我们都看到自己身上的光，

希望我们要一直记得一直努力。

少熬夜、多运动、记得笑。

“一个人Alone”一姐　卢翼

Chapter 1

势均力敌 才是爱情

仿佛永远分离，
却又终身相依，
这才是伟大的爱情。

我想，你是不同的

作者：Millet

当你遇见一个人，
你全身的每一个细胞都开始跳动。

或许只有在你遇见的那一刻，
你才会相信，
TA真的存在。

你是否幻想过这样的画面：

在人来人往的地铁里，每天都会有无数的人与你擦肩而过，但就在某一天，某一站，某一时刻，你遇见一个人，他是千万人中的其中之一，但又独立和隔绝于千万人之外，你一眼就注意到了他，他好像与所有的人都不同。

他的眼睛澄澈，嘴角有时会微微上扬，他的每一个细微的表情都能拨动你的心弦。你们明明是萍水相逢，却有说不出的熟悉感，总觉得似曾相识。他缓缓地向你迎面走来，你觉得这一刻好像有一个世纪那样长。然后他抬头，正好撞见看他的你，露出微笑。

最美的邂逅，我想就是当我看你的时候，你也正在看我。

这让我想起一部电影，叫《爱在黎明破晓前》。在异国的火车上，两个陌生人美丽邂逅，彼此交谈甚欢，然后一起在半路下车，在陌生的维也纳街头漫步、畅谈，在狭小的试听室里静静地任由旋律和心绪飞扬，遇见诗人、街头舞蹈，赶上最后的日落，在摩天轮上拥吻……眼神里带着羞涩和俏皮，笑容里带着浪漫和亲切。最后，在黎明破晓时分别。一切都是那样美好，仿佛只是存在于彼此的梦中。

你会相信有“灵魂伴侣”吗？你感受过那种，看到一个人的第一眼，心里就微微颤动，再深入接触后，一种打从心底溢出的难以抑制的兴奋感和幸福感吗？

有这么一种形容：当你遇见一个人，你全身的每一个细胞都开始跳动。爱情从天而降，就像照相机的闪光灯，会在瞬间“砰”的一声爆开，无论有没有心理准备，眼前都会有一刹那的漆黑，短暂而美好得如同流星划过天际。

可是，我们遇见“灵魂伴侣”的概率又有多少呢？

有人如此算过，假设我们所处的城市里有80万人，其中男人有一半左右，也就是40万。如果你想要恋爱，那么或许会找一个年龄差不多的人在一起，而同龄人差不多占1/3，就只剩13万人，而这里面假设只有一半是单身，又剩65000人。

而又会有多少人符合你的审美，让你觉得有魅力呢？如果你是一个挑剔的人，或许最多只占1/20。如此，就只剩下3250个单身又有魅力的人。

这些人里，或许只有1/20的人让你觉得是有趣的；然后又会有多少人可能触及你的生活呢？1/10。

最后剩下的就看你们是否彼此吸引了，你们是否有差不多的兴趣爱好，或者相同的价值观、感情观。如果运气好，可能30人里面，会有1个人懂得你的喜好、你的脾气，愿意和你相伴一生。

如此，最后剩下多少人呢？

800000÷2÷3÷2÷20÷20÷10÷30≈0.56

在80万人当中，只有0.56人，连一个都不到。

遇见一个对的人有多难！

我们的城市很大，北京的人口有2000多万，茫茫人海，是否真会有一个人，懂你所说的一切，懂你的生活，懂你爱听的音乐，懂你爱看的电影，懂你一些另类的小行为，懂你的所有喜怒哀乐……

即使可能性微乎其微，还是有很多人愿意去相信和等待。并且在遇见之前，他们尽力让自己成为一个更好的、更优秀的自己。这样，等爱情从天而降的时候，才有勇气告诉那个人，我爱他。

许多人一生也不曾遇到心灵相通的人。有的是因为不相信，有的是因为很早就放弃了。他们宁愿把时间消耗在与不适合的人每天的争吵上，琐碎而无聊，或者消耗在常常上演狗血剧情的婚姻上，也不愿去相信和等待，那个与自己心灵相通并使自己变得更好的人。

缘分，是一个玄之又玄的东西，你相信，它就存在。在这个城市里，我们每一天都会与无数的人擦肩而过。我始终相信，有缘的人即使在这个路口错过，还会在下一个路口再遇见。

我想一生寻我唯一的知己，得之，我幸；不得，我命。

“灵魂伴侣”——或许只有在你遇见的那一刻，你才会相信，TA真的存在。

你相信有“灵魂伴侣”吗？

曾经在没什么人看的微博写过这么一句话：
“我一直觉得你是最懂我的人，我们不常见面，不打扰对方，但在一起的时候特别亲密，我们有很多别人听不懂专属于我们的词语，每次提及，我们都笑得像个孩子。”

我们站着不说话，
也不会觉得尴尬。

我想，这就是soul mate吧，只可惜我亲手把他丢了。
偶尔想起，总是唏嘘，如果当初懂珍惜……
但还好的是，
我依然相信，
会有一个人，
和你有同样的心情。

晚安，
不同的你，你，你……

不是没你不行，而是有你更好

作者：Millet

有一种爱情是：
你是你，
我是我，
不是没你不行，
而是有你更好。

我们的一生会遇见很多人，可有那么一个人，对于你会是特别的存在。TA让你心动，让你觉得棋逢对手，让你即使在寒冬里也备感温暖，让你觉得多看TA一眼，就可以落下泪来。遇见TA以后，你仿佛被某种情绪笼罩，难以言说。

问：遇见一个对的人是什么感觉？

A说：在遇见她之前，预设了一切的条条框框：年龄、身高、学历、爱好、性格……可在遇见她之后，一切的预设都成为浮云。

B说：只要她在身边就会感觉很安心，哪怕是吵架，吵完后也是想着我该怎么道歉，而不是要不要分手。

C说：一切的不可以、不可能，只要是她就变成了可以、能、我愿意。

D说：他看过我最难看的样子，他知道我最臭的脾气，他听过我最伤心的哭声。可是，他不嫌弃、不放弃、不背弃。

E说：他不轻易承诺，却在细细规划以后的每一步。而我能感受到，自己在他想要的未来里。

每个人都在等一个令自己心动的人，一个适合自己的人。而如何才能知道那个人是对的人呢？

有的时候，人和人的缘分，一面就足够了。

钱锺书与杨绛正是如此。他们第一次相识时便一见如故，侃侃而谈，在文学上有太多共同的爱好和追求。钱锺书急切地澄清："外界传说我已经订婚，这不是事实，请你不要相信。"杨绛也趁机说明："坊间传言追求我的男孩子有孔门弟子'七十二人'之多，也有人说费孝通是我的男朋友，这也不是事实。"

这种怦然心动和一见钟情让两个人都可爱至极。

后来两人结婚后，一天，杨绛读到英国传记作家概括的最理想的婚姻："我见到她之前，从未想到要结婚；我娶了她几十年，从未后悔娶她；也未想过要娶别的女人。"

杨绛把它念给钱锺书听，钱锺书当即回道："我和他一样。"杨绛答："我也一样。"

世间品性相投，性格相似或互补，刚好完美契合的两个人相遇，是件很难的事情。没有人是完美的，我们自身也有很多不完美的地方。可是如果我们愿意去磨合、去信任、去理解和包容，即使偶尔有分歧或意见不一的时候，我们也能去体谅、去沟通，那是一件多么难能可贵的事。

我们的性格里都有好的、阳光的一面，也会有很多阴暗的、不足的地方。如果你是一株植物，当遇见如太阳一般的他，照耀着你时，因为有了阳光，你可以朝正确的方向生长。

或许我们都是不完美的人，可是因为遇见彼此，而成了更完美的我们。

遇见一个喜欢的人其实并不难，而难的是相处。多少爱情都开始于喜欢和心动，却结束于了解。为什么有时候太了解一个人，反而成为我们离开那个人的借口？

其实所谓的对的人、合适的人，并没有定论。或许你们只是三观相似，甚至兴趣和爱好都可以不同，性格也可以相反，但在一起时，会有很多话聊，不干涉对方，彼此留有空间，相处和独处都一样自然。

这一路，你是你，我是我。不是没你不行，而是有你更好。

钱锺书曾如此概括他与杨绛的爱情：“绝无仅有地结合了各不相容的三者：妻子、情人、朋友。”

而杨绛也曾写道：“每项工作都是暂时的，只有一件事终身不改，我一生是钱锺书生命中的杨绛。”

他们的爱情过分美好，只有童话里才会发生吧，但我们依旧相信。相信童话的人都是痴情的人吧，而痴情的人最大的挑战必须要用时间来成就。

请相信：痴情的人都是有福的。
如果还没有遇见生命中的那个人，那就把自己变得更好，站在显眼的地方，让他找到你。那个爱你的人，一定会穿越世间涌动的人群，找到你！

我刚买了条红色的裙子，
人群里能一眼被你看到。
好巧，
我新配了两副眼镜，
为了远远就能看清你。

“Yes，I do.”（是的，我愿意。）
晚安。

你要一直记得一直努力。

愿你成为一个发光的人。

要做梦之前，先要找到睡觉的地方。

你那颗注定流浪的心，这个城市关不住。

我爱你这句话，秘密了整个炎夏

作者：13

39℃，
27m，
11000km，
这些都是我爱你的秘密，
藏了整个炎夏。

每个季节都适合相爱，但只有在夏天里我们不动声色也汗流浃背。

我生在北方，但却莫名痴迷夏天。北方春天来得晚，暖气停掉后的倒春寒常常让我生不如死；秋天风很大，风里夹着密度极高的沙土，呼吸都极为沉重费力；冬天，一定是老天用来惩罚我的，因为不仅我要穿得像个饭球，还要待在屋子里像个囚犯，偶尔斗胆闯入冰天雪地的禁区，总会落得或病或伤。夏天，只有夏天连暴风雨都是可爱的，我所能想到的几乎所有美好的事情，都发生在夏天。比如，爱情。

39℃的目光

我在夏天里躲不开炽烈的日光，如同躲不开6月午后突如其来的相遇。在一个空间狭小的门口，我要出去，你要进来，从没有意识到对方会出现的两个人狭路相逢后，竟然谁也没有躲避。时间凝固的瞬间，我闻到刚剪过的草坪散发出潮湿的清香，混合着阳光和海水的味道；看到从你背后窗棂中洒下的光圈将你包围，眼角发梢都闪着金灿灿的光；但将我融化的不是这些，而是你一双深到不见底的眼睛，里面盛着燃烧的夜空，幽幽的光触到我的皮肤，比我38°C的体温还要高出一度。我想也许是因为发烧，所以才心跳加速、手心冒汗、呼吸急促、头昏脑涨。

但后来我发现，这烧持续不退，任何凉茶、冰西瓜与冰淇淋，以及空调和风扇都统统失效。因为后来的一整个夏天，我都躲不开你的目光，如同躲不开炽烈的日光，如果你是属于这夏天的高烧症状，我竟然根本不想吃药，宁愿一直脸颊和胸口滚烫。

海平面27m以下的思念

夏天里不能没有海，或者说，夏天与海不可分割，就如同没有人可以将你从我生命里拿走。在陆上，我们毫无阻隔地拥抱，清晨听着雨声醒来，夜晚沿路数着霓虹夜跑，或是大排档一扎冰啤酒，几盘烧烤、小龙虾地放肆……这些夏天的日常欢愉都不能代表我们彼此拥有，也并不是我们真正的关联，而是“思念”。像广袤、神秘、富饶的一片蔚蓝的海，表面风和日丽，但若深入27m深的地方，我们贴近离心脏更近一点儿的地方，会感受到隐秘流动的压力，冰冷或温热的洋流，以及心底和思绪里那些不为人知的秘密生命，有的五颜六色，有的丑陋凶险。但在这思念的海洋里，我们沉浸在这无须言语的静谧和平里，完全地被它包围，全然接受并欣赏一切。

我们成了彼此心灵的潜水者，借着一头扎进对方的脑海里，建立了真正的联结，将彼此的思念变成了彼此的领海。我们需要学习在海面以下控制呼吸、平衡，以及为自己保留足够的氧气和体力、温度，不至于随时溺死。所以，现实生活的柴米油盐，就变成了我们歇脚的小岛，偶尔上来晒太阳、吃椰子、扯淡撒欢……有你，有海和夏天的地方，应该离天堂也不会太远。

距离11000km的云朵

隔绝、分离、误解就像是夏天里的无常登陆的台风暴雨，不可避免，而我也知道，我们只是活在夏天里，并非活在天堂里。所以，爱让我允许一些关于你的延迟、煎熬发生，这是为了让我们在各自的空间里成长，就像两朵分别在南半球和北半球天空的云彩。一开始，我们只是一小团水汽，慢慢地凝聚起来，又遇到气流和阳光，把我们推向一个未知的方向，在这个过程中我们不断吸收从地面而来的能量，逐渐变成一朵有轮廓和形状的云，并且一路走一路有了不同的姿态，一会儿像只兔子，一会儿像颗炮弹，一会儿又像一枚果子，我们成了完全的自己……但也许要经过11000km的距离，我们才能跨过赤道，从地球的一端来到另一端，两朵云就此连成一片，在爱里不再有惧怕、孤独与不解，于是两朵云心里满溢的爱倾泻下来，就变成了雨。所以，我们在夏天的雨后会看见彩虹，那就是两朵云爱情的见证啊。

我爱夏天，不只爱它的热烈繁盛和五彩缤纷，也爱它凶猛肆虐以及燥热困、蚊虫叮咬。那些所有关于夏天的意象，都正如我爱你，像夏天有着好的坏的爱情里一切具象的模样：直接坦诚、毫无遮掩，一无所知也无所畏惧，不管重复了多少年岁依然像个激素旺盛的高中生，把生命当成暑假，挥霍和珍惜都一样全情投入。

愿你，一直在夏天里，热爱，并好好地享受爱与被爱。

我爱你这句话，秘密了整个炎夏，
我很想知道你的回答。

夏日，
梦好甜，
晚安。

我爱你所有的笨拙和可爱

作者：心悦

遇见你，
套路都没了用处。
我们相互欣赏，
彼此的笨拙，
看得到背后的真诚可爱。

我们常用“戳中我的点”来形容被一样事物打动的瞬间。

它很形象地描绘了你内心某处柔软的地方，被恰好击中，那个恰恰好的感觉，会让你觉得那里是有一个明确的物化的点存在的。

但随着年龄的增长，我发现这些所谓的“点”是在慢慢改变的。

母亲节刚刚过去，那天有人笑称要在朋友圈里挑一个面善的丈母娘。

好姐妹已经为人母，发了一张宝宝酣睡的照片，就是随手一拍，毫无用光构图的考量，在一片“未来丈母娘”的形象照中，简直是格格不入，但让我驻留了好一会儿。

我没有结婚生子，以前对这种毫无修饰的晒娃也时常不能理解，但这个瞬间，我居然觉得感同身受，就连孩子衣服的标签翻在外面，都让强迫症的我觉得舒服可爱。

这个瞬间，你自然就忽略了辞藻是否华丽、构图是否精巧，满眼只有爱意。

技巧都是套路，用心才是王道。

爱就应该是以一副本真的面目存在的。

父母与子女的爱，就是我一声不吭，把你做的西红柿炒蛋全盘吃光，连碎在里面的蛋壳也一并吃掉。

爱人之间的爱，就是我无须多言，在你窝在沙发痛哭流涕的时候，帮你把纸巾和垃圾桶一起备好。

或许你不是厨神，也不是情感专家，但那时候你说的话、做的事都已经不再重要，重要的是，那过程里你用了多少的爱。

虽然有时方式显得有些笨拙，但是最真实，这就足够了。

想起了电影《时空恋旅人》里，小伙子叫作Tim，姑娘叫作Mary，光听名字你就知道这是两个多么普通的人，但他们的爱情却那么让人羡慕。

第一次见面是在一家黑暗餐厅，他们相谈甚欢，然后，Tim把蛋糕喂到了Mary眼睛上。

结束之后，Tim在门口等待着让自己心动的姑娘，然后，就看到了长相平平、打扮土土的Mary。

他们都羞羞答答，相互不敢直视地寒暄几句，然后，Tim直愣愣地就向Mary要了电话，再然后，Mary还直截了当地说，真希望能再见到你。

真是傻傻的笨拙，但是笨拙得真诚可爱。

正所谓“巧诈不如拙诚”。

我爱你，不用花言巧语夸大什么，不用策划浪漫虚构什么，而用我的一颗心，给你百分百的真挚。

在你的身边，欣赏你本来的样子，作为交换，我也可以把我认为自己最舒服的样子给你看。

在你的面前，感受到什么就自在表达，不必在意是不是莽撞，会不会显得我经验不足。

我不是学不会套路，但是我不想用套路破坏了纯粹。

因为我爱你，所以我就要好好待你。

但爱没有指南手册，对你好或不好，你是唯一的评判标准。

我渐渐变得越来越贴近你的心，因为我练习着模拟你的脑回路，在意你的情绪反应，用尽一切可能去弄懂你。而我懂得你越多，不安就越少。

所以，我不再塑造一个虚假完美的我，站在你的对面；而是做一个最本真的我，站在你的身边。这是我爱你最好的方式啊。

所以我只用我的这颗心，给你所有我想给你的。

除了爱，什么都不添加。

如果要形容爱的味道，或许就是一杯用心的好鲜奶。
给你的营养，来自用心地珍惜；
给你的香醇，来自用心地呵护。
给你爱，只要用心。
给你，用我最好的方式。

晚安。

势均力敌才是爱情

作者：凤羽玲

我必须是你近旁的一株木棉，
作为树的形象和你站在一起。
…………
每一阵风过，
我们都互相致意，
…………
你有你的铜枝铁干，
…………
我有我红硕的花朵，
…………
我们分担寒潮、风雷、霹雳；
我们共享雾霭、流岚、虹霓。
仿佛永远分离，
却又终身相依。
这才是伟大的爱情……

——舒婷《致橡树》

相比国内动辄近百集、投资过亿、拍摄3个月的长剧，《太阳的后裔》这部只有16集、耗资8500万元人民币、拍摄半年的迷你剧，一经播出就备受瞩目。战争和灾害体现出的人性、本国和异国的风光、拯救和杀戮的冲突、军官和医生的情愫，各种元素紧锣密鼓轮番上阵，使之毫无争议地成为这个春天的现象级作品。

《太阳的后裔》之所以火得令人奔走相告，连独播网站的会员费都因此狂揽近两亿元人民币，却不是因为摒弃了车祸失忆治不好，也不是因为秉承了男帅女美服妆好，而是因为柳时镇和姜暮烟重新定义了爱情的样子，那是橡树和木棉的爱情。

医生的话，没有男朋友吧，因为太忙了。
军人的话，没有女朋友吧，因为太苦了。

一个很苦的军人和一个很忙的医生，不期而遇，一见钟情。单刀直入挑明好感就开始约会，没有欲擒故纵，没有矜持造作。时间就像海绵里的水，只要挤，总是有的，哪怕是天台一句下周看电影的约定。

但两个位至中层的人各有使命，你有你的国家荣辱除暴安良，我有我的医者誓言救死扶伤，于是干净利落，一别两宽。谁也无意劝说对方，谁也无法放弃自己，所以无须多言，也不需要眼泪救场。

再次相逢，有克制也有尴尬，既然是上天安排不如坦然面对，已经过了矫情的年纪，生活工作还要继续。于是不管跳海还是排雷，医生信任军人的专业，但手术是此时还是彼时，军人尊重医生的选择。

在战火和废墟的角落里，人性和血性交相辉映，一个有勇有谋既能上前线指挥又能亲自上阵的准将军候选人，一个医术精湛既能在手术室当家又能上电视科普的医院门面担当，相爱实在顺理成章。

两个在各自领域技能超群的选手，金风玉露一相逢，便胜却人间无数。

看腻了霸道总裁爱上灰姑娘的白日梦，疲劳了玛丽苏女主角犹豫跟谁共此一生的烂桥段，厌倦了身世坎坷贫富悬殊的惨人设，麻木了男二女二横插一脚的苦情节；门当户对，才是最能唤醒代入感和认同感的爱情。

女主角不再是除了脸一无是处等着男主角拯救的小可怜，男主角也不再是除了钱一事无成只专注勾搭女主角的富贵闲人。在天灾人祸面前，女主角柔弱的肩膀也能为伤病员扛起一片蓝天；在绝处逢生时，男主角无畏的担当总能为身边人劈开一条新路。男主角和女主角用熟女熟男之姿，联袂诠释了：你很好，但我也完全配得上啊，何况我们技能不重合，在一起完全不浪费啊。

这场势均力敌、互相欣赏的爱情，没有鸡毛蒜皮和无理取闹，甚至多了一份家国情怀和社会责任，两个聪明而善良的人，没有高攀依附，也没有低到尘埃，一切刚好，谈了一场很有分寸感又不乏小情趣的恋爱。

当医生帮军人包好伤口，目送他踏上征途，当军人帮医生将急救病人推入手术室，在门口看着手术牌，这大概就是成熟爱情最真实和恰当的样子吧。

是的，我爱你，但我没有强求你也爱我，如果你刚好爱我，那不如我们在一起吧！你不需要为我放弃什么，也不需要为我改变什么，因为我们都不能互相占有对方。我爱你，是因为你是一个人，一个活生生有工作有生活的人，我们彼此尊重，继续用最舒服的方式生活，让自己变成更好的一个人吧。

如果你想拥有柳时镇，请先成为姜暮烟，势均力敌的才是爱情！

没错，
这就是我理想中的爱情，
最契合的爱侣，
命中注定的缘分。

忙不是借口，
我喜欢这种拼了命也要在一起的勇敢。
晚安。

爱就是在一起吃好多好多顿饭

作者：13

永远别在极其饥饿的时候爱，
因为那个时候你只是为了填饱肚子，
而不是心。

大家都说“食、色，性也”，道出人的本性中赤裸裸的需求；也说“唯有美食与爱不可辜负”，赞美高于一切的对美好的追求。这并不矛盾，只有“爱”和“吃”，是能将人填满的两件事，一个走胃，一个走心。

但其实，这两件看起来八竿子打不着的事根本无法分开。爱一个人，心头发热至极时恨不得把对方吞下解渴，情至深处则免不了想要跟他一起吃后半生的每一顿饭，更有甚者还要亲手做饭给他，不管味道如何都要威逼利诱他吃到精光，才觉得满足。吃到美食，有时候也会像爱上一个人一样，莫名其妙地就常常想念，吃不到嘴就坐立难安内心翻腾——虽然翻腾的也有可能是胃，一个对食物饥饿的人哪儿管得了那么多，只顾被身体本能支配，扑咬过去，像极了爱情里被欲望搅乱了心智，不顾体面的样子。也有人吃得比较挑剔，总不让自己太饱，也不让自己饿，他们懂得享受，却不贪婪，所以总是更能尝到美食之妙，食物吃进胃里，味道留在心里，就像爱情里有分寸的高手，全情投入也若即若离，举重若轻地就颠倒众生，自己却从不沉沦，只选一个最适合自己的人，三餐四季，一生一世静好终老。

所以，“吃”和“爱”根本就是一回事。

喜欢的食物和爱的人，就最好顿顿相伴，并将之吸纳入腹，干脆变成自己身体的一部分；讨厌的味道和人，就最好从餐桌上根除，或者，如对待砒霜，避之不及，只有在不要命时才能与之有染，只品一回，然后肝肠寸断，与世长辞。

本雅明说：“认识一个人的唯一方式是不抱希望地去爱那个人。”其实，还有一个没那么孤注一掷的方法：跟他吃饭。若你只是想了解，就跟他吃几顿饭；若你爱他，就一直跟他吃饭。

这个方法也许并不适用于所有人，但至少对“吃货”来说，好的爱和好的食物一样，都需要经过千挑万选，精心烹调准备，在合适的时间被呈到你面前，刚好慰藉虚空的心和干瘪的胃，连口里千万的味觉细胞也一并被满足了，不凉不烫。

当然，这是幸运地遇见对的食物和对的爱的时候，千篇一律的幸福受用；但大多数时候，都是曾在馆子里吃到过各种异物，在爱里吃过各种苦头的大多数人，各有各的不幸。

某次饭局，吃火锅，红油白汤两色，虽然都翻滚着，但看起来则像一边热火朝天，一边寡淡凉薄。同桌之人都是姑娘，五人里面，一个已婚，一个有男友，三人单身。30岁左右的女人聚到一起，话题大都离不开爱情。而极有趣的是，每个人五味杂陈的感情状况，简直就跟面前这一锅咕嘟咕嘟翻腾的热汤以及一桌荤素食材、若干碗蘸料一样，各有各的吃法。

A姑娘是唯一的已婚者，但却一直没怀上宝宝，她从点菜开始就一直在开玩笑，为了要让宝宝未来在肚子里有个暖暖的“大房子”而努力吃，肆无忌惮得幸福满溢。她不忌口，也不担心长胖，她本来就很美，而且她有非常疼她的老公啊。B虽然没有结婚，但有男朋友，虽然一边吃一边跟我们吐槽些感情里的鸡毛蒜皮，但总体来说还是非常幸福的，于是她一边积极嚷着想吃这个想吃那个，一边向桌上剩下的三个单身者下通牒：“我跟你们讲，虽然有点儿糟心，但是谈恋爱还真的挺好的，你们都快谈个恋爱吧，好吗？”

剩下C、D与我面面相觑，然后C翻了个白眼默默干了一口酸梅汤，D叹了口气夹起面前的牛肉专注涮了起来。C比我们稍微大些，喜欢饮料和日料，喜欢看日剧多过喜欢将自己置身于某段感情里，或者说，比较难，因为不愿意麻烦，要知道，一个人习惯久了的日常节奏如果要因为另外一个人而打破、改变，是件非常难的事情。更何况，C虽也知道爱情美妙，但更知道这种美妙不过也就像日剧桥段，总是看起来很美，但真实世界终归是柴米油盐，实打实的日子无论一个人还是两个人，都没什么区别。D年纪比我们小一些，热情、可爱、聪明，对爱情充满向往，但这向往中也混杂着无奈，而无奈则来自无解：“为什么每次感情都不是最后那个对的人？”她觉得自己仿佛中了魔咒。我也不知道问题出在哪里，就说也许还是缘分没到吧，就像她每次饿的时候点菜，看着菜谱总是觉得每个都可爱，恨不得都点一遍吃下去才好，但是真的摆满一桌菜的时候，才发现有些看起来很棒的并不好吃，而自己也远没有那么大的胃口，吃下一整桌。

至于我，“吃”和“爱”是人生的头等大事。但却也因此不挑不拣没有要求，没有特别喜欢的食物，也没有特别不喜欢的食物，只要是食物就都喜欢，只是有些味道能令我想起一些关于过去生活的记忆，或者能教给我关于未来的道理，就格外感动；我也没有特别爱和特别恨的人，以前会恨，对于一些在我理解和原谅范围之外的人，在我意识到恨之前就先恨了起来，以至于我吃再多也不觉得饱，被人再好地对待也感觉不到被爱。后来，再也不恨了，是食物教会我许多关于爱的道理：

永远别在极其饥饿的时候爱，因为那个时候你只是为了填饱肚子，而不是心。

如果你们两个人在一起的时候，吃什么都觉得难吃，如果你的味觉没毛病，那一定是你们的关系出了毛病。

如果两个人可以以一起在厨房做饭为乐，别想了，结婚吧。

一个真正爱你的人，可能不关心你今天有没有升职加薪，但会在乎你今天有没有吃好睡饱穿暖。

包水饺的时候要用冷水和面，包蒸饺的时候要用热水和面。面对爱也一样，有时要热，不然恋人就会因为懈怠而泡汤；有时候要冷，不然恋人就会因为缺氧而亡。

学会酿酒，你会更容易学会厮守。

当你想吃一个人做的饭的时候，其实你不是馋了，是想那个人了。

蛋糕为什么吃起来就会觉得幸福呢？因为它充满了凝固的泡沫，幸福的生活也一样。

不吃鱼生（生鱼片）和拒绝一夜情的理由一样：人的本能其实是爱，不是欲望。

最好吃的蔬菜和水果，永远是当地而应季的；爱也一样，勉强费力的都算违背自然。

放很多调料的重口味菜，为什么那么诱人却不能顿顿都吃？因为如同爱，不能天天水深火热。

你是由你吃了什么组成的，爱是由你爱了什么组成的。

别让“吃”成为“爱”的障碍，也别让“爱”使你食之无味。

最好的食物是“爱”，最好的“爱”是一起尝遍人间百味。

愿我们都能，在爱里好吃，吃好。

若是爱一个人，
就陪TA吃遍各色美食，
甜酸咸辣，
爱情浸润在美食的香气中，
回味无穷。
晚安。

你想结什么婚?

作者：晓树

我们为什么要结婚?
年龄到了，结吧。
在一起时间久了，结吧。
意外怀孕，结吧。
寂寞想找个伴儿，结吧。
别人都结了，那我也结吧……

有人形单影只走出最后一班地铁，有人在潮湿被窝拥枕而泣，有人摆弄裤衩边缘燥热难耐，有人何尝不想实现理想生活，可他们尚未寻得心中佳人，于是在千百年文明惯性威逼下勉强物色一具并不能与之水乳交融的躯体苟且一生，以自我麻木换取生活常态，可如若此般，也有人在空乏的生活里抱恨终生。还有人渴望、犹豫、恐惧走进那个似乎永恒的“魔咒”。

婚姻，是一种什么样的事物？让人魂牵梦绕，又让人局促不安。

从前婚姻并不存在，直到4000年前父系氏族时期，私有制出现，男权需要固定的配偶和血缘支配私有财产，一夫一妻制婚姻才产生并延续至今。婚姻的真相是阶级和财产关系，它决定了“你是谁的”，而非“你和谁相爱”，婚姻不是自然选择和生理需要。既然结婚和爱情没关系，也不是没有就活不了，婚姻是否应被重新审视？

理论上，婚姻不会永远存在，但在今天，婚姻仍影响着生活。生活状态其实最重要，而“快乐”是核心，快乐不是“剁手党”血拼浅层的快感，而是温暖、圆润、自在、愉悦的状态，这种“快乐”，是一种安全而舒适的放松之感。这种感觉越多，你就越圆满，就越不需要别的东西。

长辈常对你说该考虑考虑了，赶紧成家买房生孩子，他们口里的话听起来就像按部就班的一个程序。他们认为这是对你关心，可是你却哭笑不得，若是“嗯，我今天考虑过了要找个对象”，于是马上就变个合适的对象出来，那还要二老操这份闲心吗？你也试过相亲，各方的需求都像审查表格或像交易价格一样列出来，你看着这些犹如看见活物市场笼子里的鸡，无论买方价码多高，卖方质量多好，你内心知道真正让你感到温暖和快乐的纽带并不存在。

曾认识一个瑞士使馆人员，她已三十好几，依然单身，她游历千山万水，乘船穿越太平洋，露营乞力马扎罗，探访两河流域，通晓多种语言，中文更是流利，甚至还会藏语。她热爱艺术、热爱学习、乐于思考，她笑容常在、温文尔雅、热情大方、从容不迫。她已离开中国去为一个人道主义组织工作，她想帮助被战争和灾难摧残的人。你可以感受到她的优雅、自然、愉快、纯真，并不是她没有对生活的忧愁和对世界的失望，我见过她哭，但在她身上我从没看到疲惫和麻木。她的状态是快乐的，她很充实，没有婚姻但并不缺少什么，她所得到的也不是婚姻能给的，除非有个能让她更快乐充实的人，否则一个单身但快乐的人有什么必要祈求婚姻呢！生活很大，没有婚姻，还有更多，包括整个世界。

若幸运的你遇到一个同样幸运的灵魂，心有灵犀、珠联璧合，能让彼此更快乐，所谓“1+1＞2”高维度的灵性交融，那多好！宇宙浩瀚悠长，星辰漫天棋布，人群挨山塞海，两个期盼的灵魂终于触碰彼此，那是奇迹！无论结不结婚，你们已经联系在一起，只是凡尘中结婚可让诸事便捷，那就去民政局领张纸吧。

林夕曾说过：“很多人结婚只是为了找个跟自己一起看电影的人，而不是能够分享看电影心得的人。如果只是为了找个伴儿，我不愿意结婚，我自己一个人都能够去看电影。”

我们太懦弱，把幸福寄托在别人身上，以为找到一个人，自己的生活就能改变了；

我们太倔强，打着爱你所以就要折磨你的旗号，伤害着自己最爱的人，也伤害着自己；

我们太骄傲，算计多少，只一味求回报，却吝啬付出……

无论做什么选择，得到内心的“快乐”才是方向。幸福与婚姻无关，与孤独无关。世界无限，自我亦无限，若无婚姻，生活仍在，让结婚不那么重要吧！让它变成生命中一个美好的奇遇，若不美好，也不应是必需。

没有理想的生活是麻木的，没有爱情的日子是空虚的，没有幸福的婚姻是要死的。

你要结什么婚?
当然只结你想结的婚!

其实大人们逼婚，
他们只是担心你一个人在外面太累，
不过是希望有个人在你身边陪着你照顾你，
只要你自己生活得足够好，内心足够强大，
这些对你而言就不是逼婚，
而是长辈们对你的爱呀。

希望“一个人星球”的每颗小星星都只结你想结的婚，
晚安。

Chapter

2

不要仗着我喜欢你，践踏我的真心

是一击即中，还是改变战术或是目标，都比自己原地踏步唱独角戏的好。如果不爱，请认真拒绝，你的通讯录里可以没有我。

不要仗着我喜欢你，践踏我的真心

作者：fany

现在不想谈恋爱的意思只是不想跟你谈恋爱，
先做好朋友就是你先当会儿备胎。
你就是仗着我喜欢你，
请不要践踏我对你的真心。

当年的她被称为“太平公主”，在情窦初开的年岁对一个白衣少年动了心思，将那些曼妙的句子写成诗，字里行间仿佛装着自己的心，在夜深人静时送进他的桌洞。而桌洞便像他的心一般，从无柔软相对的时刻。

有天临时通知换课，第二天他却忘记带书，老师说没有带书的人站到外面去，不要进来。

他准备出去时，她把自己的书偷偷扔到他脚下。

嘿，你的书掉了。然后起身去了门外。

他在书的内页发现一笔一画全是自己的名字。

一去一回书里多了张纸条，谢谢你，但我现在还不想恋爱，以后那么长，我们可以先做好朋友。

为了这句以后，她费尽心思与他先做好朋友，每天“顺便”多买早餐，“顺便”多买饮料，“顺便”多抄录笔记，“顺便”送稀缺唱片，甚至他与兄弟吃饭喝酒没钱结账她也顺便埋单，而他只是在半醉半醒间暧昧地搂她一下。

那一年她用尽全力成为他的好朋友，只为了能把“好”变成“女”。

某天她在隔了一条街的奶茶店看见他吻着一个女生，女生身材凹凸有致，眼神妩媚。

她问，你不是说现在不想谈恋爱吗?

他回，是啊，以前不想，现在想啦，跟你有关系吗?

后来她才知道，他跟兄弟们吹牛说有个女的喜欢自己，胸小得跟个男人一样，还缺心眼儿，要不是还有点儿用都懒得理。

原来，现在不想谈恋爱的意思只是不想跟你谈恋爱，先做好朋友就是你先当会儿备胎。对你的暧昧示好只是你先别走，我最近缺个当妈的使唤丫头。

而她从此自卑于身材，再也不敢喜欢别人，整个高中时期再未见过她与男生嬉闹，最单纯美好的年纪却没了生气。

不喜欢
便是不喜欢，
在一起便是在一起。
何必耗了时间精力，却予人一场带了刺刀的空欢喜?

大学里同宿舍有个颜值比较高的女生，被一众男生追捧，她一直端着，跟每个男生都说，虽然我对你感觉也挺好的，但我不知道你会不会一直喜欢我对我好，你要让我看见你的诚意啊。

没话费了发个朋友圈配张自拍：“没有人爱我，都没有话费了呢。”

看上件昂贵的衣服，也配个图文：“生日好想要这个礼物哦。”

深夜里想吃东西发个信息便有一群人邀请她吃夜宵，她挑一个最有经济能力的去。

为了寻开心，让男生学狗叫发给她，想看男生穿丝袜的样子，想看男生戴假发的样子，然后把这些都保存下来跟朋友当笑料讲。或许是着了别人的道，那些照片都被人拷了出来，发在学校网站。

女生自是不消说，名声算是毁透了，连带那些追求者，所到之处也被人指点。

至于消息散布者，是个姑娘或者是个追求者，其行为暂不做任何评价，但是保持爱情本身的美好不应该是每个人都要做的吗?

彼此探寻对方的呼吸，小心翼翼辨别对方释放出的心意，每一个动作被用心诠释，你们在彼此的生命中灿烂或平静地出现，最终的最终我们可以笑着问心无愧地说，哦，TA是个很好的人呢。

聊起过往，聊起对方，聊起身边的朋友，在你的社交圈，时刻都可以毫无保留笑得纯净。

你可以选择不喜欢TA，但是你没有权利去破坏毁灭这份心意啊！毕竟给出一颗心，本身就需要莫大的勇气，TA使出这勇气，花费这时间，耗尽这精力，这颗心那么真诚又沉重，而你怎么忍心践踏?

有一天你也会捧着一颗心，满怀期待让另一个人接受，难道你要看见TA接过来，摔在地上再踩碎吗?

能与不能，都坦荡告之，于人于己都是良善之举。

任何感情都是珍贵的，虽然我喜欢你可以跟你没关系，但是拒绝的方式那么多，你可以选择一个周全而又礼貌的做法，毕竟这是做人最起码的尊重。

我的一颗真心，
你可以不接受，
但请不必残忍。
晚安。

你不懂我，我不怪你

作者：秦川玺

我只想要一个能一起牵手的人，
一个下班后可以一起看电影的人，
一个可以激励鞭策我的人，
一个让我有理由把手机里所有交友软件都删掉的人，
我只想要有个能让我微笑的人。
可为什么你还是单身?

“你不懂我，我不怪你。”

标题的这句话，来自朋友A的微信签名。

我这个朋友A，长得好看，身材好，性格也不错。总的来说，A长了一张应该被万千人宠爱的脸，却有一颗没有人值得去爱的心。遇见A的人都说，你不可能单身吧，是不是骗我们?

所以A说，你不懂我，我不怪你。

我就纳闷儿了：“怎么就不懂你了呢？”换句话说：“怎么就单身这

么久了呢？”

A开口了。“我对另一半完全没有要求啊，只要靠谱儿就行，但没有靠谱儿的人来追我。”

A总说自己的另一半“靠谱儿”就好了。其实身边追求者不乏这样的人，A却一个都没有看上。

“这是单身者最大的谎言。”我说——

“靠谱儿永远不是字面意思。”

对单身者来说，靠谱儿这个词，永远不是字面意思。靠谱儿是一个抽象名词，它代表了“身高”“长相”“身材”“财力”“性格”等等一切硬件，甚至还包括了对于爱情本身的想象，比如有的人认为“在我来‘大姨妈’的时候不是说‘喝热水’而是帮我用手暖小腹”叫靠谱儿，有的人觉得，“每天主动对我说晚安，早上把我吻醒”才叫靠谱儿，有的人心想“在我们交往的第一周，他就敢告诉我手机密码的人”就叫靠谱儿。

这就是单身者最大的谎言：嘴上说着对另一半“无要求”，靠谱儿就行，但心里面却有一个遥不可及的标杆。延伸出来的还有：嘴上说着“是男的就行”，心里却想着“帅过金城武”，嘴上说着踏实就行，心里想着“好过梁朝伟”，可你不仅不会说日语，更不可能是刘嘉玲。

“人不理我，我不理人。”

单身的你，在派对上遇见了不错的人，聊得好的，彼此交换一下电话。或者好心的朋友帮你组了一个相亲局，两人聊得不错，互相交换了微信。又或者，通过各种社交软件，甚至附近的人看到了不错的头像，加了微信……总之，通过一切办法，你们交换了联系方式。

然后呢?

第一天还在热聊，第二天，第三天，第四天呢?打开微信聊天窗口之前，似乎被眼前忙乱的工作，被朋友的一句话，甚至被路边的某个声音分散了注意力，之后就不再点开，继续你们的聊天了。

尤其是在网络时代，微信里成百上千个联系人，十几个工作群、生活群、闺密群，就是忘了将两人的话题继续下去。

说到底，单身惯了，思维成定式了。

习惯了早上起来没有人说早安，习惯了闲下来就跑去闺密群吐槽，也习惯了没事打开手机不是去问喜欢的人“在干吗”，而是百无聊赖地去刷朋友圈，即便已经看过一遍了，只是因为“顺手”。

单身已经从一种形容，变成了一种状态，最后变成了一种思维定式。你内心其实并不想谈恋爱嘛!

“TA没那么喜欢你。”

在电影《他没那么喜欢你》的开头，就已经这样说过了。当两人约会之后的第二天，男孩没有给女孩打电话，请务必告诉自己，他没那么喜欢你。不要去听从闺密的解释，比如“他只是工作太忙”，或者“他把你的联系方式弄丢了”。他就是没有那么喜欢你。

这个时候，请懂得放弃。如果一个人对你的早安晚安置之不理，或者平时偶尔关心，但却总不会见到真人的安慰，请不要再浪费时间在他们身上，他们只是不懂得拒绝。

当然，也不要把“TA没那么喜欢你”这种情绪带到下一段感情中，不然，又会变成一个没有自信的人。

很多人因为被拒绝了两次，就丧失了主动的激情。想想那些在感情中受过伤害的人还在义无反顾地往前走，你又有什么可不敢的呢?

“TA还不如我前任。”

前任是爱情中最可怕的词语。这个词语自从你俩分手以后，就不再只是字面的意思，而是变成了“尺子”，或者“度量工具”。前任是心里的一块阴影。现任这道光束要足够明亮，才能把这块阴影照得无所遁形。可是哪儿有一模一样的一束光，能恰好照亮你内心的那片阴影呢?

在你看来和前任对比是恋旧，是长情，但在旁观者的眼里，前任只是一个搪塞爱情的借口，是你在爱情路上大踏步撤退的最好盾牌。“不把旧爱格式化，怎么会有新欢来。”

“你不懂我，我不怪你。”

对，没错，到了最后，我们的标题实际上也是一个不轻不重的谎言了。你不懂我，我不怪你，可你是否曾真的无所畏惧地、毫无保留地把自己交给爱情?

“我还不了解TA”“我们才认识不久”“我曾被感情伤得那么深”……有一万个理由，会让你对另一个人有所保留。你选择了对对方有所保留，你其实选择的是对自己的爱情有所保留。

说到最后，很多时候不是缘分没到，而是缘分刚敲门，你却以为是房东，假装没有人在家。不要再以“别人不懂我”作为单身的借口。

你要懂得只要打开自己，就总有懂你的人，你尊重爱情，它也会尊重你。

其实很多人都很喜欢你，
只是你选择了自动屏蔽。
晚安。

请拒绝得认真一点儿

作者：凤羽玲

是一击即中，
还是改变战术或是目标，
都比自己原地踏步唱独角戏的好。
如果不爱，
请认真拒绝，
你的通讯录里可以没有我。

早上微信新信息里躺着这么一条：“今天追妹子，被很理智地拒绝了！”跟着三个哭脸。发信人是大学毕业工作一年的男孩，时间是半夜。

“多好啊，人家没有黏黏糊糊消费你。”
“你也觉得？”

“难不成人家半推半就，花了你的时间，浪费了你的感情，最后不行，你才觉得好？”

“这个我可能还不是很在意，我没想到的是拒绝得这么干净利落，很受打击啊！”

“女孩挺干脆，不是‘绿茶’，挺好的。”

“看来是我不懂了。”

“受打击好过骗感情。”

见过太多不主动、不拒绝、不负责的狗血之后，这素未谋面的姑娘，不论她出于什么理由，快刀斩乱麻地拒绝了这个男孩，都该收获32个赞。

吃了饭、聊了天、看了电影、帮了忙、买了包、牵了手，月光下面并排走，兜兜转转，再来一句“你对我真好，但我一直把你当哥哥”，岂不是啼笑皆非。

傻傻的盼、纯纯的梦、思念的小粉红，一旦打上备胎的烙印，难逃一地鸡毛。如果再来点儿面容姣好、身世曲折、“她不会骗我的，只是我不够优秀”等等滥俗桥段，基本上就能拼凑出一部不合格的青春网络剧了。

但这一切都因为姑娘的“很理智地拒绝”而被扼杀在摇篮里，省去了多少痴男怨女纠缠不清的滥俗，怎不让人拍手叫好呢。

你有心，我无意，手起刀落，一拍两散。哪怕没看上你，也不留后路消费你。你走你的阳关道，我过我的独木桥。但求他日，各遇良人。

听过许多暗恋到死无疾而终的故事之后，这半熟青涩的男孩，也十分纯情勇敢，相比若干年后暗暗思量往事，表白来得爷们儿又壮烈。

是的，你是什么样的人就会遇到什么样的人，但谁也挡不住爱上另外的人，不表达心意，又怎么知道此路不通呢？更何况皆大欢喜和愿赌服输，都不丢人。

倒是暗恋晚期的患者，多年后都未知对方当时心意，总归会有些许遗憾。

几乎能脑补出意气风发的男孩，对镜整装，带着满心欢喜和任重道远的小肩膀，对女孩期待又紧张地说出反复锤炼的表白台词的情景。

固然是有几日要沉浸在“一腔热情，两盆冷水，三更辗转，四体不勤，五心不定”的失落里，伤筋动骨还得一百天，何况伤神动情，但总会过去。

我喜欢你，那么你呢？接不接受是你的事，但告不告诉你是我的事。虽然没成，但你是这样的姑娘，也不枉我曾经惦记一场，好过自己胡思乱想。

原来，
老婆饼里面没有老婆，
棉花糖里面没有棉花，
布拉格也没有布拉格广场。
所以，
你的通讯录也可以没有我。

可是，这又有什么关系呢？我只是试过了这一个人的通讯录不适合居住，又不代表和所有的通讯录都绝缘！

一个人的小日子，没有轰轰烈烈洋洋洒洒，只有普普通通走走停停。简单明了的追求，直来直去的表达，是活在当下最热血澎拜的注脚。

爱就表白，不爱就拜拜。
想就通话，想见就约会。
饿了就吃，困了就快睡。
喜欢就买，钱不够就挣。
讨厌就说，不愿意就走。
胖就健身，想学就开始。
生活没那么复杂，
与其把时间用在犹犹豫豫上折磨自己折腾别人，
还不如简单利落，
洒脱前行。

一个确定的结果，有什么不好呢？是一击即中，还是改变战术或是目标，都比自己原地踏步唱独角戏的好。

人生太短，岁月太长，鲜衣怒马，游走天涯。简单生活简单爱，总有一条路通向未来。

爱
或不爱，
请认真一点儿。

晚安。

有些人，你永远无法斩钉截铁地画下一个句号

作者：Millet

有些人　匆匆一面　再也不见
如同过去的每一天
任随掠影在浮光中　搁浅
有些人　久久不见　却在眼前
如同那一天就是这一天
且让未来在过去中　缠绵

有一种相思叫单相思

小时候，暗恋楼上的一个男生。那时还不太懂什么是爱情，以为就是遇见一个让你怦然心动的人，只要与他相见，就是美好。

在公交车站相遇、在学校相遇、在回家的路上相遇、在周末与小伙伴们玩耍的时候相遇……一切的相遇就好像是上天赐予的礼物，欣喜、激动，还有些不知所措。会想要了解关于他的一切，喜欢吃的水果、爱看的书、爱听的歌……就算是在茫茫人海中也能一眼看见他，就好像他在你的眼中，全身都镶满了金色的光芒。

可是这样的悸动也仅此而已，永远停留在16岁的青春里。

有一种相濡以沫叫相忘于江湖

“爱情是盲目的”，这是一句多么浪漫的话。

长大后，又遇见了另一个人，你的所有喜怒哀乐都会被他牵动，你不再是单相思。你们一起看书、听歌、旅行、有说不完的话……共同经历了很多的事情。当然，在美好的相识相爱中，也伴随着无数的争吵。在成长中磨合，无数次地想要抛弃对方，又无数次地向对方伸出手来。

你为他而改变，却最终发现迷失了自我。你的每一次转身，都耗费了巨大的勇气，并下定了决心；每次都像诀别，期望再也不要相见。

爱情就像是一座迷宫，走进去，跌跌撞撞，却很难找到出口。

有一种失去叫不再想回到过去

爱情永远是人的致命伤，不是伤好了没有疤就代表没有存在过，那些伤你伤得最重的人，或许也是记得最深的人。

曾经以为是对的那个人，最后发现也不过是人生中匆匆的过客。

时间的齿轮依旧转动，你的伤口被时间慢慢地愈合。可是有些事，还是会在幽暗或细微中记得。一段音乐的旋律、一个电影的镜头、一种洗发水的香味、一阵迎面而来的微风……

看电影的时候，听见春娇对志明说："我被你影响得连自己被影响都没发现，我好想摆脱你张志明，才发现我自己已经变成另一个张志明。"于是哭得泣不成声。这时，你发现，你们越来越像对方，穿衣、口味，最后到思想。在潜移默化中，你脱离了自己的思想和轨迹，远离了自己原本坚持的事，变成了另外一个人，熟悉的也是陌生的。

我们一路走一路丢弃，再一路找寻。茫茫人海中看似盲目却内心极为清楚分明。曾经爱过的人，曾经做过的事，以后会懂得：虽然诚实但并不正确。既然不适合，又何须勉强、纠缠。

有一种脾气叫忘记

即使有再多的眼泪和挫折，到最后，留给自己的，还能是一片空阔清明的天地，就好。

一切过去的事，都无可避免地打上了封印。时光把它包裹住，变成礼物，封存在心里最深的洞穴，在背景里暗了下去。生命里始终有逼近的东西，不可跨越。随着年岁渐长，开始相信，在人的一生中，最大的财富，是回忆。

那些不好的回忆就随着离开而消散，最终记挂着的仍是彼此的好，偶然间可想念。这就是留给自己在动荡世间的，一簇小小温暖的火焰。有情有意，心有留恋。

翻看曾经写下你心迹的日记，那些围绕着一个人所发生的喜怒哀乐，那些幸福的美好，那些悲痛的惆怅，这样的心绪，有可能是此后一辈子都不会再恢复的能力，那种年少时为爱义无反顾的能力。

长路漫漫，你知道，遇见一个对的人有多难。
可是，你依旧期望。

当你独自在荒凉的旅途中，
邂逅一个旅伴。
夜晚花好月圆，
你们各自走过漫漫长路，
觉得日子寂寞而又温情跌宕，
互相邀约在山谷的梨花树下，
摆一壶酒，
长夜倾谈。

梦里见，
晚安。

没有旧情复燃，只有重蹈覆辙

作者：fany

失恋的时候，
整座城市都有“你曾经爱过我”的痕迹。
而复合的时候，
整座城市都有“你曾经伤害过我”的痕迹。

以前看王家卫电影，镜头里的那些女人总让我印象深刻，不管是主动还是被动，分手的时候总会恶狠狠地丢下一句：我走了就不会再回来。

我走了，就不再回来。我走了，就不会再回来了。所以你狠心让我走吗？

那股赌气、威胁，还有无奈的气息扑面而来，想挽留这个人，却又留不住，于是用自己做筹码。

放在狗血剧里，可能字幕上还会出现个“几年后”的黑底白字表示时间流逝，再煽情地来段离开的那一方历经系列失恋劈腿人生艰辛的伤痛，挫败累累后，再回头，发现此生最爱还是TA，可是回头时，对方已经拖家带口，只剩一句，我们回不去了。

大写的绝望之后回头想想，即便重来又怎样呢?

我为什么要给你第二次伤害我的机会? 虽说人生在世，谁没爱过几个渣男，但与渣男交往的成本太高，一旦崩盘，覆水难收。

《我可能不会爱你》里面，程又青重遇“迷途知返”的前任丁立威，曾经一句话不说离开的是他，带着一身别的女人残留的香水味重新回来的也是他，拿着一本护照塞在程又青手里，保证“从此只有你能决定我的去留”的还是他。

当他说出那句“从此只有你能决定我的去留”，看起来十分完满，浪子回头，多好啊，结果渣男还是在结婚的前一个晚上偷腥了。

忽略这其中的狗血成分，也别给所有男人都贴上“一日渣男终身渣男”的标签，但是，老祖宗的话还是不能忘的吧，比如：江山易改，本性难移。

他伤害过你，伤口是不会消失的。就像失恋的时候，整座城市都有“你曾经爱过我”的痕迹。而复合的时候，整座城市都有“你曾经伤害过我”的痕迹。

人呢，很容易陷入自己的回忆里面。我们总觉得青春很好，是因为已经不青春了。于是青春在我们的记忆里只剩下了美好的片段，青涩的脸，朦胧的爱情。可是仔细想想你的18岁，真的有那么快乐吗?

就像分手后，走出了那段充满失恋阴影的日子，再用时间一冲，很快，你会只记得那些好的部分，系统自动过滤掉痛苦的那部分。

心软答应他的复合要求也不是不可能。有句话说得很对：没有旧情复燃，只有重蹈覆辙。这个世界暂时还没有时光机器，不能回到青春岁月，所以一大堆人拍了青春片来缅怀逝去的岁月，假得要命。如果真的有，5块钱回去一次，你问问，十个人有九个人不答应。

再续前缘，说得好听，给我们一种感情看似可以重来的可能。但再续的，也不过是反反复复，过去你曾尽力摆脱的魔障而已。

《千禧曼波》里，Vicky的神经质男友豪豪，计算着她回家的时间，闻她身上的味道，不断地和她分手，再哭着求她回来。就在这样的反复纠缠里，消磨掉的除了感情，还有本该属于自己的生命。

别让自己沉溺在回忆里，“I'm over him”（我忘掉他了）是一种解脱，over（结束）的就让它over吧。

换个角度想，没有过不去的坎儿。和前任分开以后，尤其是抛弃自己的前任，再遇见的时候，每个人都希望自己是最棒的状态，骄傲如程又青，出门倒个垃圾都要穿上最美的高跟鞋和裙子。

对于输给前任这件事，我们都怕得要死。但最最没有尊严的，莫过于：尽管过去这么久，我仍然愿意和当初抛弃我的人在一起。

不要把时间浪费在旧的人身上了，既然时间已经论证过了我们不合适，何苦再花时间、花精力去重新验证一次。人生那么短，即使浪费时间，也要浪费在未知的事情上。一辈子遇到的人那么多，总跟那几个纠缠有什么意思?

前任无可眷恋，值得期待的只有前方。
当然还有另外一个原因，回头马太多了，草也不够啊!
所以都放肆地去开辟新领域吧!

你走吧，
你走了就不要回来了。
如果想好了回来就不能走。

晚安。

你从来不说我爱你

作者：13

我从不在你的朋友圈点赞，
却跟着你豆瓣的更新听你听的歌，
看你看过的电影，
去你去过的城市。
只是，
我从来不会说我爱你。

爱情，最美丽的部分，在于除了“我爱你”之外，你如何表达爱。

你是我西瓜中间的那一口，
华夫饼上的糖浆，
烤串上的那把孜然。

我把我整个灵魂都给你，
连同它的怪癖，耍耍小脾气，
1800多种坏毛病。
它真的很讨厌，但只有一点好，
爱你。

而我爱你，却从来不说“我爱你”。我怕羞，也怕万一你不……还因为，想看你对爱，是不是与我心有灵犀。我想把“我爱你”反过来写，那样一定很美。

“遇见你的时候是夏天，从那时起，我再也离不开夏天。”

写下这句是在南方沿海的大学里，第一次见你，阳光从你身后照过来，好像夏天跟着被你带来。从那天起，爱你和爱夏天画上了等号，我开始疯狂迷恋现做的冻奶茶、冰淇淋、西瓜、风扇、海滩、阳光晒出的操场上的青草和汗水混合的香……甚至是台风和雷阵雨。

这是第一种说爱你的方式：追捧与你有关的一切。

我借此看到一个从未见过的世界，好像有我想要的一切，而你是那个世界的国王，我只有偷偷膜拜的份儿。表面上，我当然还会每天纵容自己吃得多、长得胖、脸太大、脑子笨，但实际上，内心每天骂自己一千遍，并列出无数自虐计划，幻想着能早一天与你同框出现在各种场合，能骄傲地用眼神回击那些不明所以的疑惑表情：没错，夏天是我的咯！

爱的一开始，我们总不自觉地将自己的人设变成“灰姑娘”和“福尔摩斯”的综合体，无论别人看来有多好都还是不够好，拥有再多你的线索都还是不够多。

然后，内心精巧构思，推翻或建立与你的无数种关联，还是得接受一切都是巧合或徒劳无果的可能性。是的，所有看似无意的巧合都是我精心设计的。

“我长久地沉默，因为讨厌自己说谎，一开口就会讲：我一点儿也不喜欢你。”

这句话被记在一本有褶皱的牛皮纸手札里，寒冬的凌晨我在某个北方城市机场咖啡厅等待，我要去你的城市，当时内心很忐忑，想着几年没见，该怎么假装我并没有想你，这种心情就像是灰姑娘在午夜无处遁形，福尔摩斯抓着手里的线索却毫无头绪地将它们揉成一团乱麻。

于是，开始了第二种说爱你的方式：打肿脸骗人骗己骗世界说，不。

我不会常常看你的各种社交软件更新，甚至跟着你的豆瓣更新听你听的歌，看你看的电影，并给你推荐的文章点赞，并在你的微博和朋友圈里对你的日常假装高冷；我不会努力让自己的工作更忙，这样就没有时间思考你在干吗；我不会一个人去看不同颜色的海，把关于你的秘密埋在沙滩上；我不会为了治你的“味觉迟钝癌”去学厨艺，每天把自己关在厨房里做实验，搞出各种口味的菜谱，然后在适合你的那几道菜前画上星号……

但是所有的谎言都在见到你的时候不攻自破，一看见你笑着走过来，就像中了彩票的人看见500万奖金朝自己走过来，那是天大的运气啊，怎么能不喜欢呢！

所以，对自己骗得越狠，就是对你爱得越深。没错，我骗自己，我一点儿也不喜欢你呢。

“傻瓜、神经病、二货、缺心眼儿、猪、浑蛋、外星人……每一个词都是你的名字。”

这一句我写在便利贴上，并把它贴在你书房留言板显眼的位置上。忽然你从书房缓缓走过来，目光温热地注视我半天，说：“傻瓜、神经病、二货、缺心眼儿、猪、浑蛋、外星人……你怎么那么好看？”我忍不住讥笑：“才知道啊，你还是个瞎子！”

现在，除了追捧和欺骗，我又掌握了第三种说爱你的方式：用别人不懂但只有你我才懂的词语。

真实的爱，是在对方面前可以完全信任地袒露，去掉头衔光环和数字的砝码，全然成为自己想成为的人，有伤疤和缺点也有闪光眼神的普普通通的我们，却在对方面前和心里成为独一无二的存在，以默契信任相互理解，无论何时何地都是彼此眼中最好的存在和陪伴。

说着只有我们懂的语言，然后会心一笑。这是这个与爱有关的节日里，我想到的，最暖的一幕。

情人节又要来了。这个节日过了，还有下一个，和爱一样，没有尽头。

愿此时此刻，无论在北京、深圳、上海、广州、巴黎，还是廊坊、铁岭、宝鸡、阿克苏……每个人都能用自己的方式说着“爱”，而不是每个人都异口同声地说着“我爱你”。

我想，最动人的情话，是那些即便在隐秘的角落里，也仍然用生命来诠释“我爱你”三个字的言行。

你知道，
爱不是靠说的，
而是靠做的。
所以，
你从来不说爱我。
晚安。

余春娇，请你放弃张志明

作者：秦川玺

志明和春娇把我们想做不能做的事做了，
他俩的身上，
包含了所有的我们，
对感情的偏执和犹豫，
我们笑的不是余春娇，
恨的不是张志明，
而是我们自己的爱情。

三年之后，听到《志明与春娇3》要开拍的消息，期待之余又开始了担心。期待的是，在这一部里面志明又会如何去虐春娇？

在春娇母亲生日当天放鸽子的是张志明；
在客户和春娇这道选择题上总是选择前者的是张志明；
说走就溜去北京的是张志明；
分手即刻勾搭新妹子的是张志明；
一脚踏两船却觉得理所应当的是张志明；
在春娇面前说前女友坏话的是张志明；
永远玉树临风，却总在关键时刻抛弃春娇的是张志明。

可就是这样一个张志明，在结尾的时候，却依旧通过一个男扮女装的MV赢回了余春娇。

而那个春娇呢？在第一部里面对待感情勇敢、对待自己诚实的大大咧咧的“港女精神”哪里去了？她缩水了。准确地说，这份感情缩水了。

我们看到的是，一个独立的女性在面对爱情时的无底线妥协。

恋爱的女人，总是在妥协中失去了自我，比如志明要去北京，春娇叮嘱的是要多喝水；志明交了女朋友，春娇也只是理所应当地“望胸兴叹”、自愧不如；志明发一条短信就立马跑去赴约，女朋友打来电话也只能忍气吞声地听着……多少次的伤害到了春娇这里，都能找到合理的解释和出口，比如“他就是工作需要啊”“她就是比我好啊”“换成我我也会这样做啊”。

别笑，这不是一个别人的故事。想想你自己，是否也曾这样对待和被对待过？要知道这对“狗男女”的“狗血恋情”之所以如此让你动心，就是因为他俩的身上，包含了所有的我们，对感情的偏执和犹豫，我们笑的不是余春娇，恨的不是张志明，而是我们自己的爱情。

人这辈子，谁没爱过渣男，谁没当过痴女。笑笑过后，不能再继续犯傻了。

女孩还有一个致命的习惯，总觉得男孩哪里都好，男孩对自己的好是那么独特和珍贵。殊不知，从出生之日起，每个人就是被设置好了的程序，我们总是在用无限接近的手段对待每一份感情。这好比无论张志明面对的是春娇还是尚优优，都总会把干冰放在马桶里逗她开心，这也好比无论李晨面对的是张馨予还是迪丽娜尔，都总会送上一颗“无意中”捡到的心形石头。

所以回到那个结尾，当春娇拿着iPad看到志明穿着女装深情地演唱“别问我是谁，请与我相恋”的时候，春娇在想什么呢？“啊，这就是我爱的志明，这么风趣和幽默。”但对志明来说，这段视频代表着什么呢？就是另一种形式的干冰和心形石头。

女孩通常都善良到无可救药，但有时她们只是在自己感动自己。把男生有青光眼当成对自己放电，把男生包里恰好被妈妈塞进的一包纸巾当成为你专备的单品，男生对你的一颦一笑，在你这里都能找到一个恰到好处的解释。

这就是为什么你会越陷越深，最终你喜欢的不是他，而是你对他的所有想象。

所以余春娇，请你放弃张志明，弃暗投明。

请记住，爱情漫漫长路，总说“对不起”的都是人渣，而总信“对不起”的是傻子。

浮躁的光辉不夜城，
总有人来来往往，
仍那么拥挤的路程，
一个人迷迷惘惘。

晚安。
I miss you! （我想你！）

对不起，我要的不是爱情

作者：13

无论你当爱情是什么，
爱情永远当你只是一个瞎子，
因为只有盲目才能做梦，爱情就是个梦，
一旦清醒，
梦就消失了。

爱情是这世界上最美好的事之一，但同时也是我犯下的最大过错之一。

曾有人跟我讲些玄妙之事，说我感情波折辗转，且被一人牵绊许久后，才会明白到底自己要什么。我不信算命，我信上帝。但当时，我像鱼被困在盛满漆黑墨汁的鱼缸里，因为什么也看不见，所以什么也不信，除了相信这让人盲目的墨汁一样的爱情是让我赖以生存的动力，以致即便是毒药也甘之如饴，甚至觉得爱情就该忍受种种折磨，付出种种代价。现在想想，爱情更像是劫后重生的必经之路，一个自己死了，另一个自己才能生出新的盼望来。

而这盼望就不再是“爱情”，而是“爱”。

这么说的话，我应该会被众人拉出去抽40个耳光了。那么多美好的爱情故事，惊天地泣鬼神的有，千古流芳历久弥珍的更有，况且如今满眼冰冷纷繁的速食生活里，爱情难道不是乱世洪流中的一叶能让人喘息活命的希望之舟吗？为什么我偏说得好似“爱情”就是毒药，而“爱”是解药一样?

该打!

你可以抽我耳光，但你抽不着，就像你可以继续依赖爱情，但你无法永远一直拥有它。你抽不着我，因为“我”不存在于你的时空里，你无法一直拥有爱情，因为爱情短暂，而只有爱是永恒的。

爱情啊，为什么会成了过错呢？！

爱情就像神秘树上的果子，既能放大人类最美好的体验，也能激发人类最深处的罪恶。从第一眼开始，它就放了毒钩在我眼睛里，我从此生了执念，想将你的心挖出来，据为己有。虽然理智告诉我不能诡诈、不能抢夺，但爱情很快蔓延到我全身时，我每刻就都只想着你。在你面前，什么都是灰暗的，你是宇宙的中心和源头，你是空气是饭食，哪怕一秒钟不想着你我都没办法生存，我像是染上了病毒。但这只是爱情的并发症之一——相思。

我以为你是解药，以为只要跟你在一起就会治好我的“相思病”，但那只会让我病入膏肓。当我千方百计用尽心机，千里迢迢来到你身边，更多爱情并发症就显现出来。

我丢掉自我，所有原则在爱情面前不堪一击，我愿意为你折断翅膀，只为拥抱时可以更贴近一些；从前遵行的也丢弃，只为能更讨你开心。当然，我也是开心的，如同吸食迷幻剂一样，甚至可以看见天堂。可惜，我们只是一起靠虚幻的爱情吹塑了一场海市蜃楼，它没有根基，且要越来越多的沉溺维持，就像嗜甜成瘾，为了满足欲望就要吃越来越多的糖，但最终我们仍不会满足，而是会得糖尿病。糖尿病，也许也是爱情的并发症之一，另外还有猜忌、嫉妒、自私、愤怒、固执、烦恼、诡辩……而甜蜜、兴奋、满足、安全、归属等这些一开始爱情带来的好处，就像薄薄的一层糖衣，在时间的消磨下褪去后，剩下的只有爱情的苦毒。

爱情，之所以被不厌其烦地赞美、歌颂、追逐，正是因为它矛盾而多面，而人们总是贪心的，既要红玫瑰也要白玫瑰，既要海水也要火焰，既要魔鬼也要天使。但是，贪心的下场，往往是一无所有，欲壑难填，终归虚空。

所以，有人当爱情是一场游戏，玩得全情投入尽心尽性，也算勇士；有人当爱情是洪水猛兽，小心伺候，生怕一不留神就粉身碎骨，像是奴仆；有人当爱情是奢侈消费，攒足本钱只为换得品质保证，如同买卖；有人当爱情是毒药，喝下去，要么承受不住七窍流血落入地狱，要么以毒攻毒产生抗体，反而周身细胞重生成为一个新人，比从前更强大，更像是人生医学实验品。

而无论你当爱情是什么，爱情永远当你只是一个瞎子，因为只有盲目才能做梦，爱情就是个梦，一旦清醒，梦就消失了。

可我不愿一直做梦啊！

即使梦里有你，真切得有体温、有表情、有声音，但是没有明天。我可以为着维持甜蜜美好继续付出，不计回报不顾安危，但若你只是束手而立，只贪图眼前欢乐，不肯为明天睁开双眼，那我好像就跟拿着爱情做的枪炮指在你胸膛，把你变作人质的匪徒没有什么区别；又或者，我会变成那个被捆起来的人，而你就成了那个拿着爱情做的铁链将我紧紧锁住的人。如果，对你我而言，爱情不仅是一个梦，而且是一个有着致命开头的、凶残远多于浪漫的梦，那我只能醒来。

醒来后，我才想起那曾经听过的玄妙的话。原来，你就是我命中必经的劫数，牵牵绊绊、哭哭笑笑有十年，才明白自己执着于你，是执着于爱情。

对不起，我要的不是爱情，而是爱。

这是那时我们都不懂的，没有的。那是肯在誓约里为了对方舍己、如实行履，不再沉溺于虚幻的美梦，而是睁开眼朝着共同的方向肩并肩奔跑，即使遭遇风暴、泥泞、摔倒也不离散不放弃，彼此帮助造就，成为更好的自己，也成为合一的整体；是忍耐、信任、包容、盼望，不嫉妒、不张狂，不把自己的意志强加于你；是没有羞愧、惧怕和不义，把短暂易逝的爱情，变成永恒坚固的爱，就像夏天的繁花开过然后就凋落，结出可以吃的果子来。这样，不仅能彼此喂养，也可以分给更多人，成为解渴解饿的“药”。

这样也许就更难了，爱总是平淡无趣且要付出更大代价的。

但当我从错的爱情里学会了对的爱，好像一切也没那么沉重，反而更轻省了。我不再去苛求完美决绝的爱情，也不再试图用爱情“绑架”别人或自己。就只是单纯地去爱，爱生活送入我怀抱的人和事，好像一棵果树，按着季节和年岁去结果子，有人渴了饿了或是刚好从我身旁经过，摘去吃了，也是彼此的信任和依靠。但也不是所有的果子都会被吃掉啊，总有一些还是会落下来回归大地的，但这其实也不是浪费，而是重新成为养分和土壤，等待下一个周期。

每个人也像每种植物一样，有着自己的生长方式和轨迹，按四季老去。爱情更像是春季和冬季，有时芬芳美丽，有时寒风刺骨；而爱是盛夏和金秋，总是瓜果飘香稻谷丰硕。而且，我们可能也无法改变自己面对感情其实也像一株植物的事实，松露是埋在土里的，葡萄是结在藤条上的，无花果不会开花……

“爱情”这枚果子，即便有毒，也仍然是这世界上最美好的果实之一，但只有“爱”可以医治和喂养一切，且永不凋零枯竭。

所以，也许我们都该想想怎么在爱里像植物一样相爱，而不是怎么在爱情里像敌人一样恋爱。

我们为爱一直在学，
可你不知道，
有人已经在心里爱过你不止十次了。
晚安。

撞到你，活见鬼

作者：13

我和你的相遇，
有多种比喻，
只愿一切如初见，
新鲜而清冽。

“爱情就像鬼，听说的人多，遇见的人少”，我第一次听见这句话，是很早很早前跟表姐聊天的时候。她比我大两岁，人美、个儿高、肤白、才艺多，但这在感情里依然不算什么优势，她被伤到跟这个世界断了关系，独居修行。关于那段令她心灰意懒的感情，她从未跟我多讲，只说：“是福是祸，都是命。你遇见的时候，就知道了。”而我也从来没想过，如果真的如活见鬼一般，遇到某个人，到底会是一种什么样的感受，直到后来遇见他。就叫他Kin好了。

Kin其实一直存在于我的生活中，这是后来我回想的时候发现的，但直到遇见他之前，我从未发觉：朋友会聊起关于他的八卦，在路上我曾与他擦身而过，甚至再往前捯，有共同的旅行地、爱好，以及同样对孤单沮丧又坚持。他也不是什么有名的人，我也从不知道他到底长什么模样，对我来说他只是莫名其妙地飘浮在我生活周围的一个影子，有种诡异的熟悉感，但我从来也没有强烈的愿望想要看清或认识他。想想，你也听说过鬼，但从来不会想要真的去见一下对吧。

反倒是身边的人会恍然大悟地发现一些蛛丝马迹，觉得这两个存在于各自空间里的人，怎么有种齿轮般“神同步”的感觉，也许这就是所谓的旁观者清吧。于是也不知道过了多久，Kin和我就出于某个与“爱情”八竿子打不着的原因被圈在一个局里，也许这就是表姐所谓的“冥冥之中的安排”吧。我们会为了遇见彼此各自下意识地做好多预备工作，但这绝对不会包含预备接受“遇见一段什么样的关系”。因为遇见总是突如其来，令你毫无防备难以招架，它如鬼魅一样，是能将你的心一口吞掉的那种。

别信小说、电视剧和电影里男女主角在煽情背景乐中以慢动作完成的遇见，那种鲜花美景齐飞的“仪式感相遇”是绞尽脑汁排演的结果，甚至连眼神的角度和步伐的速度都要经过严格的计算。真实的“撞鬼”经历很有可能是这样的：我和Kin的第一次单独见面约在咖啡厅，我早到了几分钟，就去厕所拯救快要被憋炸的膀胱，于是低着头仿佛执行指令的机器人一样，满脑子只有一个念头：“我要尿尿。”就在这时，一件黑色T恤突然幽灵般迎面而来，我本能地猛一抬头，Kin的一双眼睛就等在那里，大概一秒的时间，我忽略了他脸上的其他器官，只看到那双有光闪烁的眼睛，但也仅在当时的一秒，他的过去和未来都暴露无遗。我没有异能，只是那一秒他眼睛“说话”的时候，我恰巧看见了，所以语言反而成了多余，可惜大多数时候我们只听不看，或者只看却没有看见罢了。

而在那一秒，Kin在我眼睛里读到的一定是“我要尿尿”吧。

这样的相遇丝毫不浪漫对吗?

但这就是现实，它与漫长的等待、无解的追问以及冰冷的孤独一样，只是宇宙力作用在我们身上的一种方式——表姐所谓的“缘分”。我跟她聊起我跟Kin相遇时奇怪的感觉，未知又熟悉，恐惧又喜悦，就像模糊涣散的魂魄在修炼许久后终于有了具象的血肉之躯，像巧合又像蓄谋已久。她说，这世界上根本没有“巧合”，每个路过或离开的人，每句听到或说出的话，每个你去的地方看到的景色……都是必经之路，最终把你带到某个人或某个地方面前，再直到终点。

“那怎么知道是好的缘分还是坏的缘分？”我问表姐。

她说：“缘分没有好坏，只有因果。每段缘分都带着课题，就好像我们这一生都是在学习，只不过每段时间要读的年级不同，科目不同而已；而有些人就如同学，只在一段时间与你一起，而只有成为家人才能终生陪伴。”她顿了顿又说：“缘分是推引着你往前走，不断成长，而不是要你为了某段缘分，就一直停留在幼儿园、小学或大学，那样无法修满学分顺利毕业。你不能拒绝长大。”

不拒绝长大，就是要勇敢地直面生活里的种种不可思议与酸甜苦辣。

我与Kin的相遇也许只是稀松平常的一个偶然的“洗手间事件”，与发生在商场、影院、风景区、机场等任何一个地方的陌生人相遇事件一样。而我也不知道未来我们之间到底会发生什么，也非常有可能还会变成“陌生人”，就如同原来一样。但这次“撞鬼”似的相遇，对我而言的意义不是终于遇见了“对的人”，而是遇见了“对的自己”：我看到了未来的自己，以至于Kin对我来说像是一扇门，通过他的眼睛，我去到了另一个地方，在那里，我看到了自己要成长为怎样的一个人；而在遇见Kin之前，我从未如此看清过自己。

如果有以后，我定会问起Kin这次遇见时他的感受。
但愿那时，一切也如初见，新鲜而清冽。
你一笑我高兴很多天，
你一句话我记得好多年。
晚安。

Chapter

3

你比想象中勇敢

有时候，老天爷让你结束一段关系，并不是没收你的幸福，而是老天爷一直将你的不快乐看在眼里，心疼你，所以放你走。

你该和过去好好告别

作者：Millet

有时候，
老天爷让你结束一段关系，并不是没收你的幸福，
而是老天爷一直将你的不快乐看在眼里，
心疼你，
所以放你走。

有没有一些回忆，让你在不经意想起来的时候，嘴角会不自觉地微笑；有没有一些情绪，埋藏在记忆的深处，不轻易想起，因为一浮现出水面，就会引发层层叠叠的涟漪；有没有一些场景，提醒我们，面对思念的存在；有没有一些声音，呼唤我们，给自己一点儿喘息的机会。

你现在正想着谁？
又固执地在等待谁吗？
你现在过得怎样？
还是强装着坚强吗？

朋友A说，曾经的我是一朵向日葵，向着我的世界里最耀眼的那轮太阳

野蛮生长。如今的我却活成了一株仙人掌，看似活得很好，却无法接受任何人的拥抱。

朋友B说，他曾经是我的铠甲，说会一辈子保护我，绝不容许任何人欺负我。可谁又会想到，如今他却是我最痛的那一根软肋，只是提起他，就会万箭穿心般地疼痛。

朋友C说，他是我枯水年纪里的一场雨，他下得酣畅淋漓，我却淋得一病不起。都快三年了，我的病依旧没有好，一遇见下雨就会复发。

朋友D说，他是我鲠在喉咙的一根鱼刺，我想尽办法想要把他咽下去，也终于咽下去了，可喉咙还是会疼。

朋友E说，我好想他，却只能当作秘密了；我好恨他，原来不过是欺骗自己罢了；我好爱他，可是我不会露出一丝痕迹。

我们都听过太多的故事，安慰过太多的情绪，也传授过太多过来人的经验，所谓旁观者清。而潜移默化下，我们是听故事的人，也是身处在故事里面的人。我们其实都是A、B、C、D、E。

每个人心里都有一座无法放下也回不去的，叫作“从前”的深山。我们倾注了所有的感情想挽留，我们又拼尽全力想摆脱，可最后发现都做不到。

有时候你觉得怎么都忘不掉一个人，或许只是因为你忘不掉那些美好的时光和穷尽一切付出的你自己。失恋最可怕的地方不是失去一个人，而是失去那个人的同时，也失去了你爱的能力、勇气和信心。如果觉得前面已无路可走，就反问自己，是真的走不出，还是不想走出。

很难有那种一遇见，就可以携手白头到老的人。太多人是我们人生的匆匆过客，只是有的人停留得短一点儿，有的人陪伴得长一点儿。所谓过客的意义，从来就不是停留，而是改变。

何必为了一个人而过不好自己的生活？不管你曾经经历了怎样的撕心裂肺，第二天起床，窗外依旧车水马龙、人来人往，太阳依旧升起，地球依旧旋转，这个世界不会为了任何人停下前进的步伐。心酸就哭，累了就睡，撒不出气来就去大吃大喝，越是没有人爱你，越要好好爱自己。何必念念不忘，是嫌他不够残忍，还是嫌自己不够愚蠢？

曾经也幻想过，在某个人潮拥挤的街头，我透过公交车的玻璃突然看见你，呼吸急促、面颊潮红，想马上让司机停车，想用力拍打窗户让你看见，想从车上跳下来，想大喊大叫，想把阻隔在你我之间的世界撕裂……我在激烈的想象中把自己感动得快哭了，而实际上一动不动地坐着，安静地看你远去……

有些事注定成为故事，有些人注定成为故人。不必挂念，不必留恋。有时候，老天爷让你结束一段关系，并不是没收你的幸福，而是老天爷一直将你的不快乐看在眼里，心疼你，所以放你走。

所有的曾经，只是作为背景，衬托即将破晓的黎明。

回忆都黄了，你还不愿意剪去吗？春天都来了，你还在寒冬里迷路吗？

有聚终会有散，让我们好好和“从前”告别，祭奠那些逝去的“爱情”。

很多人不愿意放手的原因，更多的是不甘心，可是，没有什么旧情复燃，只有赴汤蹈火（当然也存在你想要的小概率完美结局）。

把过去
在今天一起埋了吧，
再见，
再也不见。
晚安。

有没有一种药可以根治孤独

作者：13

人生似一场重感冒，
一阵寒一阵热，
没有能治好的灵药，
但也不致命。

最近一次的体检结果是各项指标完美，但心想这成千上万个健康的细胞有屁用啊，又不能治疗长久以来困扰大龄单身女青年及其家人的顽疾——单身。

那天，几个朋友看完电影后去小酒馆里就扯起闲篇来，话题仍然逃不开老一套——缺男人，怎么办？！

“我受够了异地恋。”

四个平均年龄30岁的女青年，只有最小的孔雀小姐有男友，可惜在地球另一端。请问，这跟单身有什么区别?

呃……想想还是有的。比如，当天她将一头长鬈发剪成了齐耳短发，见到我们惊讶的表情，她半开玩笑地说："我现在学习忙没时间打理，明年见到他的时候，就刚好又会长到这个长度啦……"

当她把新发型照片发给大洋彼岸的男友时，他立刻语音、视频、电话轮番轰炸，我以为是在调情，结果是真的在吵。孔雀小姐的男朋友因为她突然剪掉了长发而发了脾气，但他不知道她为什么剪头发：她为他发了愿。

女人都如此，喜欢靠改变自己的样子提醒自己某些人和某些事，并天真地以为这样可以打败时间和距离的鸿沟。

"他是有病吗？真受够了异地恋！"孔雀小姐愤然喝了一大口酒。

"谁先认真谁就输了。"

"好啦，好歹你是我们当中唯一有男友的人啊！"考拉小姐劝得极是，尤其在她单身许久却经历了一段速燃速灭的恋爱之后，"有男友"对她来说绝对不是件容易事。

考拉小姐极为爽快，爱起来也一样。有个有好感的男生追，并看似用心，她便认真地确认这段关系，带那男孩来跟我们一起吃饭。

可她忘了，在爱里有一条特别变态的定律：谁先认真谁先输。

果然，他对她是好奇地喜欢，而她对他是认真地交往。

在她发现问题想要提出分手前，男生竟然先说了。那段时间考拉小姐有如患了嗜酒症，恨不得天天宿醉。

她说，她害怕清醒着回到家一个人时，就回想起两个人在一起的时候，即便现在，也仍然不能长久一个人待在家，像是落下了病根。

“我是他千万女朋友中的一个。”

“那也还是想谈恋爱，好歹你们都没闲着啊！”蘑菇小姐放下手机，屏幕上发光的是她偶像，颜值高、身材好、有钱，并且对女主角往死里好。

可惜，女主角不是她。

但这也不妨碍蘑菇小姐爱她的偶像，千里迢迢飞出国去看演唱会，家里书架上唱片、DVD、杂志、周边攒全齐色齐版，节目剧集跨时差准时看直播，偶像生日要正儿八经庆祝，语言、距离、时间、金钱都不是问题……

问题是，男主角属于女主角和很多人，而不单是她。

我们都知道，犹如患了妄想症，偶像只能用来填补空白，而不能当作真的爱。可天底下去哪儿再找一个能像偶像一样令我们崇拜的人呢？

“有没有一种药可以根治孤独。”

我们纷纷举起杯，脆弱地碰了一下。

“人最终还是要学会跟孤独相处。”蘑菇小姐放下酒杯趴在桌上。

“像我一样吗，一个人活成一支队伍？”我无奈地笑。

“真想不到要找个什么样的人才能治你！”孔雀小姐叹了口气。

想来也真的好似不需要任何人来打搅，每天24小时全部安排给自己都怕不够，还有家人朋友和一只猫，哪儿有空闲去为未知先生预留缝隙呢？

“可人终究需要陪伴啊！”考拉小姐眼光闪烁。

这让我想起漫天的星星和海面的波澜，那些在每个软弱时刻医治我的风景和面前这些人一样，用最真实的陪伴给予温度，并组成了我生命里的一部分。

只是，我们也只能用陪伴减缓各自的病情，然后一起寻找那能将我们根治的药。

在爱面前，人人平等，人人有病。人生似一场重感冒，爱就是治疗的药，千万不要因为怕打针吃药，就放弃治疗，这并不是什么可耻可怕的事。

正因如此，我们要一直寻求一直相信，爱也是一颗金刚大力丸，它让我们彼此医治。

希望，你我非砒霜，而是彼此的蜜糖。

在遇到那专属的解药之前，还是先确诊自己的病，才好对症抓药。

如同现在安静的夜晚，
台灯的光洒满屋子，
读一篇暖心的故事，
这属于一个人的时光刚刚好……
晚安。

花心女人最好命

作者：桃小仙儿

所有好的人都该被喜欢。
从前我喜欢别人，
总是希望能够被他们身上的光笼罩，
于是我拼命学习，只为更靠近那个世界。
后来我发现，
原来我身上也有这样的光。

我们先来说一说绿子。

蔷薇色皮肤，圆眼睛，长腿，结实的胸脯，右眼下一颗淡痣，像是一颗泪珠，随时会落下面颊。如果你记得亦舒笔下的黄玫瑰，对，大概就是那个样子。

第一次见她，我也好奇，原来好看的女孩子，真的能像书里描述的那样。

那是一个百无聊赖的聚会，整场我都在恍恍惚惚地喝苏打水，注视着聚会里的每一个人。所有人都带着一脸假装热情的虚伪神情。然后我在人群里看见她。她穿着一条紫色缎面的大摆裙，配一双红色平底鞋。那颜色，简直刺痛人的眼睛。几拨男生先后搭讪，她皆极不给面子转身就走。见我盯着她，竟直直朝我走来。

“嘿，姑娘。”

于是那整个晚上，她都黏在我的周围，可几乎所有男士的目光都围着她转。我略感不适，只好跟她说：“你不用跟着我，他们都想认识你。”

“为什么？我喜欢你。”

我差点儿没站稳，见了鬼似的看着她。

我，帽衫、牛仔裤，甚至连眉毛都不会描，一张脸素得像是敷衍这个世界。喜欢这样的我，那她的品位也太奇怪了。

但还是经不住她的请求留了微信，人毕竟很难拒绝来自一个漂亮女孩子的示好，即便我也是个女生。

她的留言像她的品位一样让人莫名其妙。譬如“今天的月亮特别圆，像薯片”或是“这个画画课的老师，笨头笨脑，树为什么一定要是绿颜色的呢”。我常常不知该如何回复，她却乐此不疲。

也就是这样被强行拉入她的生活，我们逐渐熟了起来。

这个神奇的绿子，喜欢人的速度简直比换一件T恤还快。

她写字楼里隔壁公司的呆头鹅程序员，因为在乘电梯时用手臂帮她挡了一下门，她就喜欢上人家。为了能和他搭上话，她报了一个专业班学习C语言，只为了在电梯里相遇的三分钟。

在小区饭馆吃饭时遇见的美术老师，她迷上了人家的手指头。于是买了全套油画工具，弄得家里五颜六色。

常去游泳馆的救生员，她看见人家的臀部顿时失了魂。于是两个月天天泡泳池，硬是自由泳游进了35秒。

拍照时偶然闯入镜头的也在拍照的男生，她跟在人家身后问东问西，后来玩起单反竟也有模有样。

这样的事情发生得太过频繁，以至于就算哪天她捕了一条鲨鱼回来，我也只会对那个被她喜欢上的渔夫感到同情。

我常常问她：“你这样花心，到底懂不懂什么是爱情？”

“当然知道，当他们目光落到我身上的那一瞬间，爱便达成了。”

可我当然没有见绿子身边出现过真正意义上的男朋友。她那些喜欢的情绪，总在一段时间后就消匿得像从未出现过。

但她编的逗我开心的小程序，独立画展里展出的作品，紧绷的手臂线条，又提醒着一切不容置疑地存在过。

一日，绿子嚷着要我尝尝她的手艺，没错，那时她正对一个厨师产生浓烈的兴趣。我被她拽着一同去小区附近的菜场。她简直似一只小狗，在每一个摊位的间隙里横冲直撞。我正晕头转向地跟着她跌跌撞撞，前面的她却突然停住了。我好奇地朝她望过去，看到她睫毛微微抖动，身上那股明亮得有些刺眼的东西竟好似减弱下来。顺着她的视线看，一个身着白色衬衫、卡其色裤子的男人正仔细挑拣着一把蔬菜。我轻轻推了她一下，她才回过神，浅浅地呼了一口气。

我实在不记得那天后来绿子到底做了什么大餐。只记得她兴奋地不断重复，那个男人符合她一切的审美标准。

“天啊，”她的眼睛在屋子里闪闪发光，“我恋爱了。”

她经常能遇见那个男人。在小区门口等车的时候他在看书，绿子从封面猜出，他看毛姆、看乔治·奥威尔、看理查德·耶茨。跑步的时候他在听歌，她趴在阳台上，每隔一段时间他就出现在她的视线里，从一个路灯跑向下一个路灯。

我以为无非又是一场生猛而短暂的喜欢罢了。

但这次，绿子那些近乎鲁莽的勇气全都不见了。她甚至想不出一个合适的理由，找不到一个恰当的时机，能让他朝自己看一眼。每一次遇到他，她都努力克制着。她陷入前所未有的焦躁和无措之中。

绿子发现，从前那些野心勃勃的决心，那种拼命学点儿什么想让对方注意自己的伎俩，全都不管用了。

从此她不再热闹地喜欢上别的什么人，不再给我发摸不着头脑的微信。有时候我竟怀念那个神气的她，嚼着口香糖满不在乎地说着“没有什么事是应该或者不应该，所有好的人都该被喜欢”的那个她。

所有好的人都该被喜欢。

所以她那么执意地因为某个人身上偶然迸发的美好而付出她热切的喜欢。从未想过得到、占有、控制，只用喜欢他们喜欢的东西的方式去喜欢。这个“花心”的女孩，大概自己都没发现，在这个过程中她逐渐变成了一个多么棒的人。

故事的结局很美。他们最终还是认识了。

男人会做菜，绿子已是私房菜高手。男人爱画画，绿子能轻易调出他描述的颜色。男人习惯跑步，绿子陪着他，一圈一圈，缓慢地追逐着月亮。

男人简直惊奇，这个漂亮得难免让人以为浅薄的姑娘，身上到底蕴藏着什么样的能量！所有的相处都有一种难以言喻的默契感，仿佛绿子之前的努力，就是为这个人的出现而做的预备功课。

我们最近一次谈话，她说："从前我喜欢别人，总是希望能够被他们身上的光笼罩，于是我拼命学习，只为更靠近那个世界。后来我发现，原来我身上也有这样的光。现在我想把它收拢在心里，照亮我自己，照亮爱我的人。"

感谢花心，让绿子遇见他时，一切都刚刚好。

我所有的经历都是为了遇见你，
让时光慢一点儿，
久一点儿。
晚安。

每个人都愿意做一次傻子

作者：Millet

全世界，
我只在你一个人面前犯傻。

学校里我可以在演讲台上对着几百人发言，工作上我可以带领十几人的小团队，雷厉风行、巧舌如簧，可在你面前，却笨拙得说不出话来，你对我笑一下，我的脑袋就空了。

“你怎么那么傻啊？”

“对呀，我就是傻。”

全世界，我只在你一个人面前犯傻，只和你在一起的时候我才像个孩子。

像孩子一样任性、撒娇、赖皮、天真、傻气、真性情……有着天然的脆弱和纯真。不知道那么多傻话，是如何从嘴巴里跑出去的？也不知道那么多傻事，是如何做出来的？因为恋爱中的人都是泡在蜜罐子里的傻子。

2008年，我们遭遇地震，大家都往屋外跑，你刚跑出门又折了回去。当我知道后，担忧地责备你。你拿出包里的沙漏，说这是我送你的第一个礼物，对你很重要。我听后，湿了眼眶。

我们像孩子一样把一个很小的东西看得很重要，甚至超过了生命。

我们远隔两地，电话里听见你非常疲惫的声音，好像遇到了什么事情，整个人都要崩溃的感觉，我很是心疼。于是彻夜未眠，清晨天还未亮，便坐上最早的客车去到机场，放弃所有，想立刻飞去你在的城市，仅仅只是想给你一个拥抱。

我们像孩子一样义无反顾，在我们眼里，彼此就是全世界。

过年，我们一起在夜晚放孔明灯。孔明灯飞走后，你变出一枝玫瑰花，说：“再给你一次许愿的机会，玫瑰花瓣会告诉你愿望会不会实现……”然后我一片一片地摘下玫瑰花瓣，慢慢地数着：会、不会、会、不会……数到最后一瓣时正好是“不会”，略显失落的我，抬头看见嘴角上扬的你，问及为何“不会”还如此开心。你则张开嘴巴，嘴里还含着一瓣，坏笑着。于是，我便像孩子一样追打你。（后来你说，如果最后我数的是“会”，那么你就把嘴里的那瓣玫瑰吃掉，这样我的愿望依旧会实现。）

我们像孩子一样调皮地捉弄对方，却倍感温暖。

当我们好不容易有一个难得的周末，准备了好多的零食，窝在家里一部接一部地看电影，把家里弄得乱七八糟，地板上、毛毯上都是零食屑，你做出嫌弃的表情，我撒娇地说打扫，然后躺在地上，像毛毛虫一样扭动着用衣服擦地板，你忍无可忍，决定自己动手。于是将我背在背上，开始清理房间，再帮我换掉衣服、刷牙、洗脸，我只是一动也不动，调皮地看着你。

我们像孩子一样展露自己所有的恶习、懒惰，对方依旧不离不弃。

长大后，不管我们在工作时展现多么成熟的一面，在喜欢的人面前，我们永远像一个孩子一样。不能好好吃饭，对方碗里的好像比较香甜；不能好好睡觉，一定要听个故事、听首歌曲，或者一句宠溺的“晚安”；不能好好走路，调皮地戏弄对方；不能好好分别，十八相送都不够；不能安分守己，随时随地秒变神经质……

有人说：每个人内心都有个永不长大的孩子，那是本真的天性。所谓的成长与成熟，只是把“童真”锁进了笼子。只有最爱的人，才能把那“孩子”解放出来。

爱是直达内心的时光机，带我们回归人性最真最纯的状态，只有在爱的关系里，人才能够得到敞开的自我，得到展露身心的机会。

全世界，我只在你一个人面前犯傻；而全世界，也只有你一个人觉得我傻。

每个人的心里都住着一个天真的孩子，
只是现实社会中有太多的不得已，
渐渐地被蜕去了原有的天真。

每个人都愿意做一次傻子。
晚安。

想重新认识你，从你的名字开始

作者：fany

《东邪西毒》里有一句台词：
人最大的烦恼，
就是记性太好，
如果什么都可以忘掉，
以后的每一天将会是一个新的开始，
那你说这有多开心。
你有没有很想和谁重新认识一次?
走，
我们去坐时光机，
重新遇见你。

阿阳哥哥，你长大以后会娶我吗?

肯定会啊，这个彩虹糖先给你吃，以后你想吃多少我给你买多少。

于是所有的彩虹糖纸都被悉心洗好，夹在笔记本的内页里，一张一张彩色塑料纸，整整齐齐地码着。像少女的心事被记载，等待被人再次掀开，迎面一股惊喜。

篮球场上肆意挥洒汗水的少年下场后，大大咧咧坐在台阶上，嘴唇微张透着青春的气息。

嘿，给你水，这方巾也给你擦擦汗吧。

少年的心便在接触的一刹那变得敏感起来。

放在家里不肯扔掉的瓶子，洗干净溢着芬芳的方巾，系在手腕间，那是通过脉搏能够到达心脏的位置。听说香水洒在腕间也因为那里是脉门。

你每天叠那么多的星星和千纸鹤干吗？很蠢哎。

因为每张纸上我都写了愿望，等我把这一千零一个都叠完了，我就把它们送人啊。

你哦，真是花痴。

即便后来没有送出去，满满当当一大瓶的愿望，也视若珍宝。

你说如果他看到了，会不会感动啊?

你说如果我早点儿叠完送出去，他是不是就不会接受那个了啊?

嘿，你能不能帮我写个同学录啊?

好啊，写哪里？只有第一张是空白的了。

就是第一张，你写在那里吧。

说的时候心脏简直要跳出来。一本同学录，把第一张留到最后才敢拿给他写，那一页被摩擦太久而字迹模糊了。

买朵花吧，买朵花吧，这花多好看啊，给你女朋友买一朵吧。

她是我同学啦。

那也买一朵吧，这么晚送她回家，婆婆祝你们友谊地久天长。

给你，你别多想啊，我只是想让婆婆早点儿卖完回家。

女生的内心是喜悦的。花插在房间，由盛转衰转枯，被妈妈打扫房间时扔掉了，难过得哭了一整夜，跟妈妈怄了几天的气。

哦，你留着这个日历本是干吗啊？都破旧成这样了。

那是我考六级那年为了督促自己弄的，画圈的代表那天的任务计划完成了，画叉的是没有。后来考完了，回头看看觉得舍不得丢掉。

那你毅力好强哎，大部分都是圈。

其实是我前面那个女生每天这样画，后来发现规律我才知道她画叉是那几天来“姨妈”，画圈是等待！但是我已经习惯了就继续画了啊。

你这个日记好奇怪哎，断字少句的，都看不明白。

其实我现在也看不明白啦，以前觉得事情很重要，我肯定会记得一辈子，所以有些重要的名字就舍不得写，但是现在看来好像是我想错了。但也舍不得扔，总觉得那些记忆有一天会想起来的。

《东邪西毒》里还有这么一句话：
当你不能够再拥有的时候，
唯一可以做的，就是令自己不要忘记。

那些本来没有价值、没有意义的小物件，因为沾染了记忆、沾染了心思而变得贵重无比，就如同现在流行的复古风，其实只是我们在怀念那个年代，怀念那个时候的我们，海军蓝水手服，甚至是回力鞋，一穿上，好像我们又可以爬树、射鸟、抓小姑娘的辫子一样。

人活着的意义便是在记忆中寻找沉淀自己，经历和回忆是潜意识里的三观决定者和建设者。

当我们心生迷茫或者抵触世界时，总是习惯通过记忆去回想当时的自己，如果回忆里没有记忆，那要回忆做什么？看过一个电影叫*Memento*，翻译成中文是《记忆碎片》，主人公患有短期记忆丧失症，每天都在寻找，用便利贴记住信息，但是很快又不记得，在无限循环里，惶恐地看到记忆是多么重要。

我希望能和自己重新认识一次。趁回忆还没有变黑白，你我都不要置身事外，一直到我们变老了，都还要能守着当时的自己。

想重新认识你，
从你的名字开始，
然后在阳光下对你说：
“我喜欢你。”
晚安。

我没事

作者：13

感觉很多话想说，
不过话到嘴边只变成了一句：
“我没事。”

我羡慕会说话的人。

非常羡慕，就像一个被判了死刑的囚犯羡慕一个刚出生的婴儿，尤其是当发现自己似乎已经开始喜欢上某个人的时候，这种羡慕会变成绝望、忐忑、懊恼、羞怯……内心翻江倒海，然而，因为嘴里发不出任何声音，脸上便也僵默如一潭深渊，像是病了。

饭桌上熟人见了会问：“你怎么了？”
然而我还是只会说：“没事。”
不是有人说过吗，说“没事”，那就一定是“有事”，有心事。

嗯，我有点儿喜欢上你了，但又不知道这是不是爱。想千方百计与你测试这点儿小事会不会从心底溢出来变成现实，所以面对你时，感觉很多话想说，不过话到嘴边只变成了一句：“我没事。”

其实，我怕说出来你就不会再出现在我对面了……

“这儿有颗心，你需要吗？”

它很坚硬，它不怕受伤，炙热到烫，应该不好吃，如果你冷，可以拿来暖手。它装着很多你丢失的记忆碎片，你一定不记得第一次见面的时候自己的样子——完全没有特点的黑帽子、藏蓝大衣、牛仔裤、运动鞋，在人来人往的嘈杂里闷头敲键盘，不耐烦地抬头并用根本没有对焦的眼睛瞥我一下，我系统自动默认应该管你叫叔叔，其实你并不比我大；我发烧，你送我去的医院；我喝多，你拖我回的家……在最虚弱和最不清醒的时候，看见你那张教科书一样冷静的脸，有点儿憔悴并无男主光环，我心凉，一为自己最凄惨难堪的丑态你一览无余，二为一直在我身边的是你，不是我爱的那个人。

这颗心，一开始，它对你是信任、感激，这颗心，它不太懂爱；它认为，你是我最好的朋友，而我爱的是别人。

这颗心很坚硬，又很脆弱，碎过几遍，我怕了，但也习惯了。

你要是喜欢猜谜，刚好可以拿去拆了拼凑着玩。

“对你来说，爱是长成我这样的吗？”

应该不是。可是当我看见你，就觉得可爱。

比如，你不要脸、骚浪贱的做派下仍有一丢丢纯情坚挺的梦想；你经常对我说“你说过你喜欢啊，你都不记得了吗”，是，我忘性特别大，所以活得空空如也；下雨的深秋撑同一把伞走在街边，你礼貌地揽过我的肩，紧张得直哆嗦；看小黄人展的时候不耐烦得很，但也允许我玩遍各种项目，你无聊到跟我躲猫猫；你毒舌数落我各种缺点毫不留情面，我扭身抹完泪回头看你一脸正义，发现你说得都对，但我仍死性不改。怎样，我不完美，又不是上帝……

但在你眼里，这些缺点会让我看起来跟爱的模样大相径庭。你爱的，美丽、高贵、肤白、柔弱、富有……我刚好都没有哎。

我只有，喜欢和欢喜，日复一日不厌其烦。

“你和我一样，什么都不懂。”

了解，不是我们如此默契的原因，无知才是。

我们同样各自蹉跎了好时光，才结了成长的痂；傻乎乎地执着，终于承认自己笨又卑微，却又自以为是地沾沾自喜，号称可以hold（控制）住手掌心那条蜿蜒交错的感情线。呸！还不是压根儿就不懂什么是爱，那些喜欢里的收放自如都是为求全身而退的自我防卫。

你和我都不懂，卿卿我我、形影不离、眉来眼去、辗转反侧、撕心裂肺、敌进我退……大多数只是抵抗寂寞的贪欢假象，虽然跟爱很像，但那不是爱。时间褪去了那些好看的颜色和光芒之后，仍能照亮彼此和指引方向的才是爱，《圣经》里说，爱是永不止息。

我愿与你在一起，不是因为爱，而是因为想和你一起找到爱的答案。

所以，当面对你的时候，我是喜欢，也混杂着遗憾。我们都是无知者，成长的滋味各自体会，可偏偏爱的真理之一是“不可言说”，一旦说出来，它就如树断了根，成了用于标榜和比照的木桩子，像极了脱口而出的誓言，都往往干枯夭折。

我羡慕会说话的人，非常羡慕。
他们无畏舍身，但我不是，我需要留着性命守到最终，再看我对你的喜欢究竟是不是爱。

但这所有的话，只在我心底和眼底，在你嚼了几下嘴里那口白米饭的时间里。

然后你抬头看了看我，和身边的熟人一样问：“你怎么了？”
我低下头继续吃饭，说：“没事。”
下次我说没事的时候，
你能抱抱我吗?
晚安。

你比想象中勇敢

作者：凤羽玲

勇气
[yǒng qì]
敢作敢为、毫不畏惧的气概；
勇气不是会说世上的大道理，
而是开始理解身边的小事情。

我曾经列过这样的清单：

1．一个人去陌生的地方蹦极。

2．护照上盖满七大洲的戳。

3．赚到人生第一个100万。

4．谈一次永不分离的恋爱。

5．有一项至死方休的爱好。

这份诗与远方，在很长时间里都让我觉得太酷了，人生不就应该炽烈奔放、一醉方休吗?

于是我开始努力地积累能量，与愿望清单缩小距离。终于，在年龄离3

打头越来越近的时候，这些愿望——让你失望了——并没有实现。

是我不够勇敢吗？不，是我开始明白，勇气不是会说世上的大道理，而是开始理解身边的小事情。

生活不是一瓶二锅头入喉，血气方刚做出一个看似勇敢的决定，就天下我有。勇气，更像是在细碎生活里，让我们直面每一次未知，不曾离开的小宇宙。

-1岁，和亿万蝌蚪赛跑，得到神之眷顾脱颖而出的第一名。
0岁，告别子宫的庇佑，开始用幼小的肺呼吸第一口空气。
0.5岁，牙齿蠢蠢欲动，为接下来的饮食多元化提供可能。
1岁，走路和说话，是跌倒失败无数次之后才熟能生巧的。
3岁，幼儿园，开始试着和家人以外的人建立亲密的关系。
7岁，小学，铅笔到钢笔，花了好几年时间才会写方块字。
10岁，身体在不知不觉中变得和另一些小朋友不一样了。
13岁，和熟悉的小学同桌分开，第一次尝到离别的味道。
15岁，中考的夏天，除了西瓜，还有已超过妈妈的身高。
18岁，作别高考挥别爸妈，从此家乡再无春秋只剩冬夏。
20岁，失恋的眼泪，大概是因为这一辈子不会再见到TA。
23岁，工作试用期，原来有这么多的规则和知识要学习。
28岁，婚礼上，给爸妈敬了一杯茶，却忍不住眼泛泪花。
30岁，这么小的手和脚丫，没想到就迷迷糊糊当了爹妈。
…………

这所有的平淡，都写着满满的勇敢。

我们总以为勇气是将内心的渴望坚持到底，定格在惊天动地的瞬间；却忽略直面生活就需要巨大的勇气，世俗相悖、选择承担、结局未卜，每一天我们都在自我追寻的路上，通过迷茫、怀疑、焦虑、恐惧，完成着勇气的经验值积累，把生活逐渐修正到想要的轨道。

有“高原勇气之花”的红景天，也不曾轰轰烈烈，它只是默默无闻地生长在海拔3500米以上的高寒无污染地带，但恶劣的生长环境却赋予它顽强的生命力和特殊的抗氧化力，它用植物的天赋本能，阐述着生命、抉择和勇敢。

我们每个人都是一株平凡又坚韧的红景天，也许你不曾在万众瞩目中闪闪发光，但时至今日，你的每一小步都在用磨砺滋养希望，用勇气点亮梦想。

人生只有900个月左右，因为无限可能，所以值得热爱。

若你在舞台中央，贺你一身荣光。
若你在平凡路上，愿你安然绽放。

你要相信，
你比想象中更勇敢。
晚安。

Chapter

4

爱你可以，拼命不行

这个世界上，别让不在乎你的人占有了你全部的时间，留一些给在乎你的朋友、父母、爱人。

爱你可以，拼命不行

作者：12

因为有些时候，
一别就是一辈子。

我们仗着年轻想要很多很多，却不知自己错过了什么。

有一个自己创业的朋友，因为整天熬夜、饮食不规律和精神紧张，身体出了一大堆毛病。为了每次回家的时候能够成为父母眼里的骄傲，无论大病小伤从来不下战场。前段时间她突然病倒了，出院后的她逢人便说，一定要注意身体，不然赚再多的钱，也没命花。

长年累月不爱惜自己身体，只想飞得更高成为别人眼里的骄傲的你，是不是也有同感？有没有发现原来铁打的身体也会感到力不从心？会不会突然在某个寒流面前脆弱地感冒发烧？周末的时候是不是总爱待在家里恢复元气，身心疲惫得哪里也不想去？

其实真正爱你的人，不光在乎你飞得高不高，还在乎你过得好不好。

我们认为爱就是唯一，却不知道爱有很多种

很多人都说，谈恋爱是女人最好的保养品，one sex a day，keeps doctors away（每天做爱，医生远离你）。但爱情是盲目的，恋爱中的人都智商为零，很多时候，我们不自觉地伤害了自己，也后知后觉地伤害了很多关心我们的人。

比如为了在恋人面前呈现最好的自己，我们盲目减肥。不再和好朋友聚餐，也不再有女生们的八卦下午茶。一门心思地等待着男友的召唤，把像夏天的朋友过成了冬天。

我们为了在对方眼里美美地出现，在寒冷的天气里露大腿，展示着脖子，冻得自己免疫力下降，还自以为在爱情里这样的牺牲是伟大和骄傲的。面对朋友好心的提醒，常常以一副“你懂什么，我这是纯粹的爱情”的姿态，拒人于千里之外。

为了抽出更多的时间和男朋友在一起，我们忽略了自己的爱好，自己的朋友，自己的习惯。学习变成男朋友喜欢的样子，直到有一天，男朋友不喜欢我们了，因为我们不再是当初他喜欢上的人，变成了某某某。这时候才发现，微信里那么多联系人，却没有一个难过的时候可以跑过去大哭一场的朋友。

我们以为爱情是最伟大的事情，尽情挥霍着自己，也消耗了友谊，殊不知，好的爱情是1+1>2，不是1+1=1。

我们以为日子还长，却不知道他们已经老了

三毛说过一个《守护天使》的故事，故事里说当一个小孩出生，上帝就会将两个天使的心悄悄地装到小孩身上去。当天使们一听到他们孩子的心跳，就会感动得哭起来。可是他们流着泪却不能擦，因为他们的翅膀要守护着孩子。即使是一秒钟也舍不得放下来。

有一天，被守护着的孩子长大了，要走了。天使们把身边最好最珍贵的东西都给了孩子，孩子背上包袱，离开了那个翅膀下的家。于是天使们连忙飞到高一点儿的地方去看孩子。孩子越走越快，越走越远，天使们都老了，还是挣扎着拼命向上飞，想再看孩子最后一眼。孩子变成了一个小黑点，渐渐地小黑点也看不到了，这时候，两个天使才慢慢地飞回家去，关上门，熄了灯，在黑暗中流下泪来。

可怜的两个老天使，他们失去了孩子，也失去了心，翅膀下没有了要他们庇护的东西，终于可以休息休息了。可是撑了那么久的翅膀，已经僵了，硬了，再也放不下来了。

在外面上学和上班的我们，只有过年才回家。虽然每周都会打电话，常常寄东西回家，但物质上的充裕并不能代替陪伴。人们总说：世界

上最大的悲伤莫过于子欲养而亲不待，有空就回家看看吧。

不要以为时间还很多，因为有些时候，一别就是一辈子，再见就是再也不见。

没有什么爱是毫无条件、不求回报、无所保留的，除了父母的爱，家人之所以在乎你工作好不好，赚得多不多，感情顺利与否，其实潜台词就一个：你过得好不好？

所以，别嫌他们啰唆，多陪他们聊聊天，好好吃顿饭。

这个世界上，
别让不在乎你的人占有了你全部的时间，
留一些给在乎你的朋友、父母、爱人。
晚安。

从什么时候开始，我们都说不出温柔的话了？

作者：Millet

我们那么努力，是怕自己努力的速度
跟不上爸妈衰老的程度。
我也想成为你们的骄傲。

小时候，最大的心愿就是能够快点儿长大，摆脱父母的束缚。

从小总被灌输：

“吃饭筷子要对齐对齐。”

“看电视不能离太近，退后退后。”

“见了人要礼貌地打招呼，叫叔叔阿姨。”

也会被念叨：

“都几点了，还不睡！”

或者：

“都几点了，还在睡！”

如果好奇心爆棚，天马行空地问妈妈：我死后会去哪里？她一定会马上说：“呸呸呸，吐下口水重新说。”

小时候觉得很没有成就感，好像说什么都是错，做什么都不对。总是不能满足大人们看似简单的要求。

小时候会被拿来跟别人家孩子比成绩，长大后又会被拿来跟别人家孩子比谁早结婚。读书的时候不让早恋，现在又嫌你不恋！

“你看隔壁家小明又考了第一名，多学习学习！”

“隔壁小明又拿一等奖学金了，你还只会花钱！”

“隔壁小明孩子都会走路了，你什么时候能找个对象啊？”

真是句句戳心。

有时候我们不知道应该怎么更好地与父母相处，不懂他们到底想要什么，也有些叛逆的，不想迎合他们写好的那些剧情。总感觉与他们很有距离，有时相处变得很难，生气的时候甚至会倔强地说出很多违心的话。

“我知道了，别说了！”

“跟朋友约了，不回家吃饭了啊……”

“烦死了！”

“能别管我吗？”

…………

又何尝不是句句戳心。

我们总是把最坏的脾气袒露给最亲的人。

直到真正长大后，步入社会，体会到人情冷暖而复杂，挣钱辛苦而不易，才知道什么叫作小时候的温柔乡。

虽然他们总是唠叨、反复、思想传统，可是他们有一颗无怨无悔、默默付出、为我们好的真心。终有一天你会知道，他们是你花心思最少、花时间最短，却最爱你的人。

秋刀鱼会过期，食物会过期，房租会过期，工作会过期，甚至连男/女朋友也会过期。

但在爸妈心中，你是那个永远不会过期的宝贝。

或许你不知道你不在家的时候，
爸妈的餐桌有多简单；
你不知道当你说回家的时候，
他们挂掉电话以后会有多兴奋；
你不知道听见你难过的哭声，
他们有多心疼。
…………

当我们不知道如何与他们相处，其实他们也同样很彷徨。或许碍于不懂表达，或许碍于性格，或许碍于你的不耐烦，他们没有那么多感性的温柔话语说出口。

我爸就是这样的，一生要强，可却做尽了温柔的事。他可以竭尽所有，把最好的给我，可是嘴上却从来不说。每次坐飞机回家，他总是高冷地说自己回家吧，可每次必定准时出现在机场。如果晚回家，不管多晚都会打电话过来确认我已安全到家。有时不开心被他察觉，他会主动带我去吃点儿好吃的，甚至陪我喝杯小酒，也不问我什么，直到我自己想说的时候……

我们常说父母不懂表达，我们又何尝不是。

我们一再强调自己已经长大了，不想他们再为我们担心，再为我们牵挂。我们的内心深处多么期待得到他们的认可，多么希望自己会是他们的骄傲。

在外总是报喜不报忧，多苦多累也一个人扛，总是放不低姿态，去说些温柔的话，其实我们的心都是一样的，如果可以，我也愿意用一切来换他们的岁月长留。

所以，有时候反而是要靠我们小孩子当这个亲情的催化剂。说一些温柔的话，做一些温柔的事。

曾经我做过一个举动，在一个母亲节，我以朋友的名义买了很多花送给了几个没有回家的好朋友的妈妈，收获了她们表面的惊讶和“乱花钱”的抱怨，实际内心超级开心、感动。

她们都不说温柔的话，却是最温柔的母亲。

我们拥有很多社交平台，可以将自己所有的美好与苦闷都放上去，也能在那里许下一个个承诺，甚至连父母生日、节日的祝福都可以在那里完成。可是多少人下了线，关了电脑，出了房门，还会记得对爸妈说一句“节日快乐”“早点儿休息”甚至“我想你”“我爱你”呢?

今天母亲节，朋友圈里大家都是孝子。
别只写不说不做，

对他们的爱不要只发生在今天，
不要只发生在朋友圈。

一个电话不如一次见面，
一件礼物不如一个拥抱，
他们希望我们健康快乐，
我们的心愿亦是如此。
晚安。

亲爱的，我不想成为你的垃圾桶

作者：fany

好朋友不是通过努力争取才能做成的，
而是在各自的道路上奔跑时遇见的。
所以遇见你不容易，
我们想说啥说啥，
有说不完的话。

“有句话不知道该怎么说……”

“别说了。”

“你能不能听我说一下……”

“不能。”

“我说这话你可别不高兴……”

“不高兴。”

“哎，你知不知道……”

“不知道。”

这是我身边一个最高冷的人的日常对话。

友人曾开玩笑说跟她聊天一定要带着上坟的绝望心情。

曾经看过一部日本电影《白河夜船》，女主角最好的朋友是陪睡师，不卖艺不卖身只卖耳朵。她的服务对象几乎都是有很多烦心事的有钱人，她需要整晚倾听他们的郁闷、不快和烦恼，等他们说累了睡着了，她也仍然不能安心地去睡，她要整夜整夜醒着，随时用微笑等待他们醒来，做一个倾听式的疗伤者。

这大概是世上最折磨人的工作了，每个人的生活都不大容易，还要负责消化其他人的，如此下来，身心皆疲惫至极点，精神脆弱。最终在电影里，那位陪睡师选择了自杀。

从电影回到生活，其实每个人都或多或少地在传播或者接受负能量，只不过有的人的负能量简直堪比放射性物质，一旦袭来，方圆十里都被波及。

或许你经常会听到这样的话：

“唉，好烦啊！”

“你烦什么？”

“不知道，就是好烦！”

然后缠着你长吁短叹，好烦好烦好烦，工作好烦，感情好烦，生活好烦，就像是一个巨大的喷桶源源不断地向外涌着可怕的情绪，而你被迫陷在其中，回家后自己也叹了一口气，捶着被子说声：好烦啊！

其实偶尔发发牢骚是正常的，谁没有个鸡零狗碎不顺心呢？互相说说吐吐槽有时候也是一种放松，你听听我的，我顺顺你的，说到默契时俩人还能相视一笑。这种说完就截止的情绪其实不能算是负能量，最多是种坏情绪，本身是不具有杀伤力的。

坏就坏在有的人不光记在脑子里，还记在心里，搞不好还希望别人也能记在心里。要丧一起丧，我过得不好你怎么还能笑得这么开心呢？一定要陪我一起不好才行。而这种人才是真正的毒瘤，长久相处，这种负能量污染是一种慢性毒药，它们不会一次爆发，而是不断累积，累积到一定的程度，结果只有两种，要么你离他而去，落个不够仗义的名声，要么你跟他一样，成为负能量源泉，接着别人远离你。

没有人喜欢总是向自己吐苦水的人，人人都是趋利避害的动物，低气压的人自带隔离区，每个人都与他保持距离。我们都喜欢乐天派，喜欢带给别人欢乐的人。难道他们没有烦恼吗？难道只有他们生活在Never Land（梦幻岛）里吗？

不是。他们只是会用身体的系统，自我降解负能量，然后产出积极的东西来。

假如生活欺骗了你，不要悲伤不要哭泣，因为它也骗了别人啊。活了一把年纪的人吃的苦受的累绝不比你少，为什么看起来还是谈笑风生、幽默有趣呢？无非是他们找到负能量转化器了呗。

负能量这件事吧，纠结有时，简单有时，全看自身功力，但别殃及池鱼。

若是你一个人实在承受不来，那就借助外力，多吸收正能量排挤负能量。像哲学里说的那样，烦恼这东西，你想时，它存在，你不想时，它就不存在。

运动流汗让自己累到倒头就睡，
没工夫伤春悲秋；
塞上耳机放歌给自己听，
全世界都是你的；
看一场电影大哭一场，
让身体放松让大脑解放；
喝一场大酒，
用酒精暂时麻醉你的神经，
醒来又是一条好汉……

找到自己喜欢的方式对抗你的负能量，
是必修课，
也是一次美丽的挑战。

成年人的世界没有容易两个字，
烦恼人人有，
请你别乱丢。

不要让你的好朋友成为你的垃圾桶，
不要跟我比惨，
我懒得跟你比。
晚安。

时间慢一点儿，你们不要老好不好

作者：11

世界上最动人的情话：
累了就回家吧，
我养你。
说这句话的，只有父母是认真的。

今天无意间看了一个视频《遇见20年后的父母》，瞬间泪崩了。

看到20年后的孩子，我们会开心、欣慰、骄傲。看到20年后的父母，我们会伤心、难过、愧疚、自责。

有一句话最让我感动：“姥姥是未来的妈妈，妈妈是未来的你。”我出生就没见过我的姥姥，妈妈没有妈妈。我不敢想未来的某一天，爸爸妈妈老了，老到我会担心他们随时会离我而去，我不敢想。

常说一句话，树欲静而风不止，子欲养而亲不待。可是这种事情放到了眼前，我们却不知如何面对。人长大了，父母就老去，等到我们真正懂事的那天，也许只能恨时间为什么不能重新来过。

有些东西等不了，也不能等。

讲一个我和爸妈的故事——

“我和妈妈像是上下级。”

小时候，妈妈对我期望很大，“琴棋书画”一个没落下，再加上竞赛班、作文班，我几乎没有和小朋友一起玩耍的童年时光。对一个小孩子来说，这种“严格”看起来有点儿“苛刻”，每次惹她生气，只能用满分或是第一名才能让她笑，小时候拿第一拿到手软，跟这个不无关系。长大后，开始叛逆，早恋、撒谎、顶嘴，从一个“学霸”变成“学渣”，临近高考甚至去学了被认为只有成绩差的人才会学的美术……

现在回想起来，转美术专业只有她一个人支持，她顶着压力，陪我找老师考学。在妈妈陪我去武汉考专业那一个月，我们每天天没亮就起床赶公交车，她帮我背着沉甸甸的画架。武汉的冬天很冷，我居然从没有关心过每次我考试那几个小时，妈妈在考场外一个人是怎么过的，只知道出考场我都能拿到热腾腾的鸡蛋。

妈妈像个霸道总裁一样管制着我，感谢我有个如此“苛刻”的妈妈，因为有她，才会有现在的我，才会在社会摸爬滚打这些年，有一直很正的“三观”、越来越坚强的内心、众多的朋友、许多“第二职业”和把我的经历汇聚起来分享给你们的“一个人Alone”……

我成了妈妈的接班人，和妈妈一起实现我们共同的愿望。

“我和妈妈其实是好姐妹。”

从小就被人说和妈妈是一个模子里刻出来的，除了外表，性格也像极了妈妈。从小顺风顺水的我，遇到的第一个挫折是落榜北京名校，第二个是第一次失恋。难过得要死掉的我，在电话里哭得稀里哗啦，妈妈当即买了票来成都看我。不常出远门的妈妈晕车加上没休息好，到成都就开始不舒服，吃了就吐。我埋怨说也没什么事，不用这么折腾自己，但心里知道，如果妈妈不来，真不知道自己该怎么度过几乎每个人必经的失恋这件小事。

也是因为这一次，我才意识到妈妈的伟大和我的无知。母女彻夜谈心，把之前没说的秘密都说出来了，妈妈说，希望我跟她能像姐妹一样，能把她当知心姐姐，尔后几年，妈妈和我用最原始的方法交流——写信。那些书信我到现在都留着，我也渐渐对妈妈打开心扉，遇到什么事情都跟她说上一嘴……她也知道我很多好朋友的八卦，哈哈!

见过我妈妈照片的人，都说我妈妈比我好看，哼，谁在意呢！我俩可是无话不说、长得超级像的好姐妹!

“我和爸爸像是异地恋人。”

都说女儿是爸爸前世的小情人，小时候我必须得抓着爸爸头发才能睡着，落得现在还有这习惯，但只能抓自己头发。两岁半开始，爸爸的自行车后座是我的小天地，在爸爸的单位上托儿所，跟着爸爸上班下班。依稀记得长大一点儿的时候，坐在后座睡着，掉下自行车的事情，爸爸说我摔到地上，小脸蛋居然还在笑。

读大学离开家到现在近10年时间，常年在外，总是忘记打电话、回短信。每年只有春节才得以见面，可毕竟是父女，又不能像恋人般在车站相拥而泣，只好抑制下情绪，假装淡淡地说一句“爸，我回来了”“爸，我走了哦”，然后跟在他的后面，或是赶紧转头钻进人群，好不让他看见我湿润的眼眶。可每次见到爸爸皱纹又加深了一点儿，不禁感觉心酸。

爸爸刚刚打电话了，虽然依旧是每天重复一遍的“注意身体”“按时吃饭”“别只知道工作”……有哪个男人能爱我超过他?

“我和爸爸其实更是良师益友。”

从小遗传了爸爸的好奇心和好脑子，参加各种竞赛班，拿到满分试卷，担任数学科代表。我俩经常因为一道难题，争得面红耳赤，只是长大没能如愿当上数学家。我记得有一年生日，爸爸写给我一封信，有一句是这么说的：“但这只是你我的过去，今后你要保持优势，让特长发扬光大。”

这些年来，遇到不懂的科学、电脑、相机相关知识，我总是和爸爸一起讨论，也成了半个小能手，没给过男生“上门修电脑”的待遇，想想突然觉得有些后悔。就连今天，配置了一台新的台式机，爸爸说把旧的寄回家给他，还问我：“新相机买没？我还等着你的‘无敌兔’（5DⅡ）呢！”

爸爸老了，小时候无所不知的他，有一天也会来向我请教，比如问我微信怎么用；但成长的路上，他一直是我的良师。

每年一有时间我就尽量多地回家，
在家尽管难免拌嘴，
但内心满满都是幸福。
钱包里一直放着我们一家三口搂在一起大笑的照片，
上面有妈妈的手笔：
“第三者插足”。

你们不要老好不好？
我们要像照片上那样一直傻笑，
希望这个“第三者”是你们的骄傲，
很幸运成为你们的“第三者”，
爸妈，
我爱你们。
晚安。

我们要做一辈子的好朋友

作者：11

我们或许还未经历惊世骇俗的人生，
没有尝过痛彻心扉的爱情，
但却一定都经历过令彼此安心的友谊，
我们要做一辈子的好朋友。

“我们不常联系，但每次见面，不必开口，心领神会——我们不是形影不离的朋友，但我们会是老了可以躺在沙滩上一起幻想的朋友。”最恰如其分的友情，应该就是这样吧：有默契地各自成长，并能在不同的环境里，共享同样的心境和感受。

对话框上的文字再温暖，也没有温度。只有面对面才能够抚摩彼此，有温度的手触摸到屏幕，屏幕也是冷的。而手牵向另一只手，才能温暖对方的心灵。

当你失恋的时候，你的闺密会为你做些什么？苏打绿的吴青峰把这些事情都写在了一首歌里。

《无与伦比的美丽》是吴青峰写的第98首歌，是写给在他失恋时，不顾一切跑来安慰他的好朋友张悬的。

“歌词引用了很多我跟她一来一往的简讯（短信）内容，”在某一次演唱会上，吴青峰动容地说，“她告诉我，她的夏天过得很糟，希望我能够为她过一个很棒的夏天。”

于是，吴青峰在写歌的时候，突然想起他俩建立深厚友谊的那个夏天。那时吴青峰失恋后，喝了很多酒，趁着酒意和悲伤，在信义路上狂奔，像个逃兵一样渴望把所有的过往抛在身后。收到短信的张悬马上从很远的士林跑到信义路找吴青峰。所有的朋友里，只有她不顾一切在吴青峰后面紧紧跟随，为他挡开一些不必要的人。

后来夏天成了他俩的密语。吴青峰说：“她对我而言像是一片草原，在她的陪伴和情感之上，才能舒服地被包容和安躺。我们都想为对方发光，为对方飞翔，即使不能像风筝般飞翔，我们也有彼此，不用苦苦追赶。”

这或许就是友谊最美的模样，我们或许还未经历惊世骇俗的人生，没有尝过痛彻心扉的爱情，但却一定都经历过令彼此安心的友谊，我们要做一辈子的好朋友。

“还记得那年我们……”和结交多年的朋友最喜欢用这种方式一起回忆过去。有很多时候，朋友不在于认识时间的长短，而在于一起经历过什么。

比如我们一起坐过12个小时的跨洋经济舱，两人窝在狭小的座位上彼此倚靠。再比如冬天里的一个被窝，两人睡觉时拥抱着给彼此温暖。

友情是一起经历过岁月，一起经历过人生之后，还可以手拉着手前行。“最好的友谊是什么？”“你智障多年，我还不离不弃。”

有些事，只有好朋友才懂——

我认识TA的时间，比跟我女朋友（男朋友）在一起还久；
是朋友，更是家人；
长这么大干过最疯的事全是跟对方一起；
不允许有人说TA不好，甚至恋人都不行；
我成功，TA不嫉妒，我萎靡，TA不轻视；
互损，但从不碰禁忌；
看到对方交了新的朋友，甚至会“吃醋”；
TA的事，就是我的事，我的事，也是TA的事；
不管我们谁有事，都瞒不过对方；
就算很久很久很久很久很久很久很久很久很久没有联系了，
再见面时，依旧是彼此心中的那个样子。

友情就是，我喜欢，和你一起吃土的幸福。

陪伴就是，有你在，就算是发呆也很满足。

看了朋友圈的一句话：
“相似的人适合一起欢笑，互补的人适合一起变老。”
两个人最好的状态就是：
“我们站着，不说话，就十分美好。”

真正的友情也好，爱情也罢，
不用费劲儿去讨好迎合。
晚安。

有一种平凡比肩伟大

作者：凤羽玲

你们老了，
越来越像个孩子，
可我知道，
你们比我小时候好哄多了。

晚上微信里，朋友牙牙学语的小女儿，用细细软软的奶声和朋友互动，说好想妈妈，指指脑袋说这里想。

而我，下午刚简单粗暴地跟我爸说，你买的Polo衫太难看了，我新买了两件，换这个穿吧。

一个人长大的过程，大概就是父母从“无所不能”到“不过如此”的过程。

小的时候，父母简直就是神啊。妈妈说给我一个包子，卖包子的就给妈妈一个包子，我就有包子吃了。家里各种机器物件，貌似没有爸爸修不好的，而且我还可以坐在他的肩膀上逛公园什么的，那视野简直是VIP席位。

后来，我们发现随着年龄的增长，居然有父母也解不出的题。终于有一天，父母也无法继续辅导功课了，而我们貌似上天入地都懂那么一点点呢。至于现在的流行词汇和最新电子产品，父母还得求助我们当小老师呢。

再后来，父母开始主动跟我们商量一些事，我们也开始插手父母的生活，用自己的主观喜好和标准去评判父母的观念和生活，摩擦、碰撞，一次一次，父母主动握手言和，我们却越来越神情麻木、表述直接。

这也许是20多岁的人都有过的境遇。

我们慢慢长大，自己走得越远，越看到父母的局限性，他们和芸芸众生一样，有自己的压力、苦恼、欲望、脆弱、挣扎，人性的光辉和弱点，他们都不曾躲过。曾经的青丝变白发，曾经的伟岸变佝偻，曾经的神分崩离析。在体力、智力、精力上，似乎我们不费吹灰之力，就能全面碾压。

甚至，我们有时会抱怨，为什么原生家庭如此普通；为什么在成长过程中，我们不能拥有比我们现在更优渥的环境和待遇；为什么那些富二代、官二代、拆二代可以坐享其成，而我们终其一生都未必能到达别人的起点。于是多少生出些情绪，愤愤不平又无可奈何的小情绪。

但今天，那稚嫩的童声，突然破解了一切。
曾经某一天，我们的父母，也是这样陪伴我们长大。
未来某一天，我们也会成为父母，别人眼里平凡的父母。

平凡一生，实在再正常不过了。青史留名，对于普通人，遥不可及。我们自己尚且平凡，不是指责父母平凡的理由。

每一代父母都受限于他们的时代，而子女之所以能强于父母，是因为父母倾尽所能，给予了子女物质和精神最大的帮助，若生在同样的年代和物质条件下，谁胜谁负都有待商榷。子女是站在父母肩膀上过来的，他们可能没有给我们最好的，但却把他们最好的都给了我们。

一个人继续长大的过程，大概就是父母从“不过如此”到“平凡伟大”的过程。

当我们观察到父母的局限性，不过是接近了父母的高度，但距离我们超过他们，成为更好更强的我们，还有许多的路要走，那不如接着走吧，走到能让他们为我们感到骄傲的地方。毕竟，我们能比父母优秀，本来就是生物进化的自然法则，有什么理由不去践行呢。别辜负穷尽一生只为让我们走得更远的人。

还有，记得和父母好好说话，就像他们最初教我们说话那么温柔和耐心。

记得每天跟他们说一声，
晚安。

Chapter

5

一个人的时候，全世界都是一个人的

一个人，总和单调、孤独联系在一起。没有人觉得不孤独，有的时候这种情绪容易被放大和激发。

孤单的时候，好在还有酒

作者：13

酒，
让我在人多的时候清净，
孤单的时候热闹。

每年都要面对无数“猴塞雷”（好犀利）的“催逼”聚会，好在，我是个酒鬼。所以即便不得不在各种聚会现场做真实版的反面教材，但我依然能刀枪不入、千杯不醉、坐怀不乱……

其实，我不爱喝酒，但我爱它化不自在为自在的魔力，尤其是对我这种表达障碍症＋社交恐惧症患者。

来，憋（别）说话，走一个！

你那么好，所以我们还是做朋友吧

曾经一个朋友跟我表白未果后，每次有他的小聚我都如坐针毡，跟他聊太嗨怕他误会，不跟他说话怕他记恨。于是每次聚会，我都尽量坐离他远的地方，敌不动我不动，当他快要喝多了说些让在场的人都不自在的胡话时，我会过去直接敬他“还是朋友”，然后一口气喝光瓶里的酒，再然后他就会喝光两瓶，直接醉得舌头僵掉，被朋友拖回家。嗯，如此快、准、狠地让喜欢自己的人闭嘴，“单身狗需积德，自作孽不可活”，说的就是我。

你虐死我，那我就只好祝福死你咯

如果不是在聚会上看到昔日好友带来了新伴，并整场腻在一起，我都不知道我还会喜欢上谁。“KTV里吼一吼，来年不做单身狗”的口号都是骗人的，那么多情歌唱的都是“他们”而不是“我们”。哦，原来嫉妒症、懊恼症、尴尬症我也是有的，但即便被虐到想“狗带”（go die），仍牢记不能扫兴搅局以及被人看穿导致无法收场，我也唯有任内心千军交战却维持表面的和平，趁酒瓶一直在手，转身抹眼泪后笑脸回来祝福：“早生贵子，干杯！”

你自带光环，可我瞎怎么办

对我来讲，比较的范围只有自己跟自己，可是很多人习惯用不同的标签区分“自己”和“观众”，还好我身边这样的人比较少，大多行走在自己选择的路上，心无旁骛地闷头前行。偶尔碰上一位局中大神，我这双“钛合金瞎眼”也总算是被开光了。那位妹子张口闭口她爸妈、她男朋友、她朋友、她朋友的朋友……以及她的吃喝拉撒和曾经的光荣历史……总之，全世界都是她的最好，别人的都是渣。那些充斥着各种奢侈logo（标志）和城镇大V的故事听得我一愣一愣的，于是小声问旁边的闺密说：“你猜，她会飞吗？”被笑斥：“别闹，喝你的酒！”

没错，是石头永远也不会发光的，即便给自己插上翅膀抹上金漆也还是上不了天的。而作为一个天生“标签盲”，在任何场合我的眼里只有两种人闪闪发光，一种可爱的，一种相爱的。

我爱派对，但更爱静静

我并不讨厌与人相聚，相反，我需要感受相爱的人真实的呼吸、温度、气味，以及心跳的混杂，提醒我与这个世界的亲密联结，那些放肆或压抑的情绪是宝贵的存在体验；但我也必须接受自己作为一个内向型人，对孤独的依赖。那所有与人分享的欢声笑语都来源于独自的静默守候，看来相悖的两种状态其实相互滋养。

嗯，酒就是两种状态的调和剂，让我在人多的时候清净，孤单的时候热闹。但别给我二锅头和甲醇，我不是催吐催命来的，麻烦给我一瓶酒，我只是喜欢那五颜六色酸酸甜甜但又有点儿酒精刺激的感受。

一个人的时候，全世界都是一个人的。

我们很多人都想着做别人，从来没想过做自己。

如今的我却活成了一株仙人掌，看似活得很好，却无法接受任何人的拥抱。

可不可以，买你的不快乐？

这也许可以解释为什么我是个酒鬼，不买醉不要酒疯不嗜酒如命不贪杯恋盏的酒鬼——每个人，需要在每个时刻找到令自己自在的状态。对，听起来自私，但请先别管别人，对自己负起责任来。你自己都无法令自己自在，怎么令别人自在?

最自在的状态就是，无论在什么场合，与什么人相对，你，都是最真实且最想成为的自己。

而你手中的酒，则是提醒自己前行的仪式:

谢谢爱我的人，干了这瓶蓝玫瑰味的，醒酒之后，愿你忘了你所认为的爱是勉强和占有，而记得你最多就只能是我的“蓝颜知己”；

喜欢的人啊，干了这瓶蜜桃味的，愿你此生欢愉，并永远不必知道我举杯回头时的秘密，只需记得我桃子一样的嘟嘟脸；

讨厌的人呢，也庆幸你曾在场，让这世界闹哄哄的模样真实了许多，所以连平时嫌西柚略苦的我，也能干了手中这瓶西柚味的；

…………

一直陪伴的人们，来来，we are“伐木累”（我们是一家人），我们是“趴那儿”（partner，同伴）！总之，有钱有闲有人爱，自由自在！

清醒时是克制，

酒醉后是放肆，

如果没有酒，

哪儿能知道自己还能依旧感性？

晚安。

每个人心中都有一个小屁孩儿！

作者：13

我们整天忙忙碌碌，
像一群群没有灵魂的苍蝇，
喧闹着，躁动着，
听不到灵魂深处的声音。
时光流逝，童年远去，
我们渐渐长大，
岁月带走了许许多多的回忆，
也销蚀了心底曾经拥有的那份童稚的纯真。
我们不顾心灵桎梏，
沉溺于人世浮华，
专注于利益法则。
我们把自己弄丢了。

“真正的问题不在于长大，在于遗忘。”

鉴于现今各种鸡汤都教人如何“断舍离”，仿佛各种记忆、旧物都是会占据心里内存的“不必要”的东西，遗忘和丢弃看起来是件很酷的事：世界你看，那些跟不上我成长速度的，都得去死，因为它们不再被需要。

长大的世界需要什么呢?

实现一份完美的“大计划”，赢得一张名校的入学通知单，拥有一份“不可替代”的工作、一桩大生意、一大笔钱、一片夸赞的掌声，变身白富美，“迎娶”CEO……总结起来大概是：那些人生赢家的成功。

那么，你成功了吗?

大多数人会诚实地回答“是的”或“没有”。看到这里，他们就决定翻过这篇文章，因为除了“一切必不可少的事物指南”之外，其他阅读都是浪费时间。

可是，另外一些少数人，他们的回答是：“为什么人生要用输赢和成功与否来定义？”

看到这里说明你没有翻过这篇文章，亲爱的，你还记得吗?

人生的意义不在于输赢成败，而在于悲欢离合。

就像看完《小王子》，我无法像列方程式一样解出寓言里的所有隐喻，无法准确复述那些令自己哭，同时却让邻座小朋友笑的台词，但能清晰地记起，时空里某些瞬间感动的眼泪和心跳。

如此提醒，

不要成长为一个优质的机器，
不要成长为功利的魔鬼，
不要成长为麻木盲目的僵尸，
不要成长为看不见星星的大多数……

而要成为，
孩童如他，
即便我80岁，
仍可与人聊天，
亲爱的，我记得……

小王子说：
“如果你要驯服一个人，就要冒着掉眼泪的危险。”
但你仍然不要怕，无惧坦诚地去爱。

亲爱的前任，我记得：

那是我第一次狠狠爱人，千里迢迢飞蛾扑火，几乎所有的眼泪都流在了深圳，所以那里才一年四季潮湿吧。心痛又怎样呢，那仍是最美好的一段时光，让我变成一条学会付出的好汉。

狐狸说：

“一个人只有用心去看，才能看到真实。”

所以你要让光照进心里。

亲爱的姥姥，我记得：

那是我11岁时，73岁的你开始第一次学习写字，然后告诉我：“要有信念。”而当我30岁时，你不在了，但你抄写给我的诗歌，我仍记得旋律是怎样的。每次唱起，我会在心里看见你，也看见光。

小王子说：

“我当时太年轻，还不懂得爱她。”

但也不要等到她老去，不要等到来不及。

亲爱的妈妈，我记得：

那是我上小学时的一个冬天，我因为你一个未兑现的承诺吵架，我故意激怒你，你就掐我大腿，然后我盯着你的眼睛说：“你掐死我吧，然后也掐死哥哥，你就一个孩子都没有了。”我看见你眼睛红了，手也即刻软了下来。那是我们唯一一次吵架，从那以后，我就懂事了，因为知道，妈妈需要我。

小王子说：

“生活才不是生命荒唐的编号，生活的意义在于生活本身。”

所以，不能都遗忘。

亲爱的自己，我记得：

走过很多路，吃过很多苦，遇见很多人也离开很多城，得到的远比失去的多。我也并没有想要刻意留住什么，“至少我还有麦田的颜色”，它提醒我，我们“长大”，不是“老去”，我们无法抗拒时间夺走我们的躯壳，我们不能选择不要长大，但我们可以选择不要遗忘，因为只有美好的记忆和灵魂才会变成恒星，万事皆如捕风，而我们曾血肉鲜活炽热地存在过，如同住着小王子的星星闪烁。

如果，我以上言语令你费解，那去看这部成年人的童话《小王子》吧，然后看哪段记忆被唤起，给你解开来自B-612星球的所有寓言和隐喻。

我们这样坐着不说话，
就很美好。
晚安。

你为什么不愿意离开这座城？

作者：11

来北京七年，
沙暴、干燥、雾霾、寒冷、
拥堵、高消费、快节奏
…………
这些因素看起来似乎并不十分美好，
可是究竟为什么，
我们不愿离开这座城市呢？

毕业后本打算留在成都，但想出去看看的那颗心扰动着我。一道选择题，一旦有了两个选择，不确定的那个选项总是蠢蠢欲动。

年轻总想要闯，我也不能免俗，拎起一个箱子开始北漂。

北京是座巨大无边的城市，这里有数不清的大牛，也有更多的地下室居住者，这里有繁华的十里长街，也有夜半天台上形单影只的酒瓶。然后，一个个自以为特立独行的个体，淹没在滚滚人潮里，原来我们都一样，在那些放大加粗的激情和梦想面前，单薄得前途未卜。

记得朋友说过一句话：“为什么要千里迢迢跑来这样一座城市生活呢？为了灰头土脸地回家，还是为了走一段路眼睛里必得进三颗沙子，或是为了这肆意的狂风，要么推着你往前走，要么拦得你抬不起头？”（那就尽情地一语双关吧，能懂的人一定会懂的。）

可是即便灰头土脸、眼睛进沙、风推你走、抬不起头，我们还是如此笃定地留了下来。

每年，远离故乡，在异地工作的青年有8000多万。

“大概每个自愿千里迢迢来这里的人都看到了自己想看到的什么，即便走几步就被风沙刺得泪流满面，也要拼命睁开眼睛看着，如果那个渴望消失不见，这个城市的五光十色一点儿意义也无。”

对啊，不正是那点儿仅存的渴望吗？相信这座城市赐予自己的那份美好将至，无论早还是晚。如若这份渴望不在，声色犬马、美轮美奂，那又如何?

几年的时光，家乡的热干面，从两块“进化”到五块，我们也都成为几年前未曾定义过的自己，带着岁月的馈赠和尚未消失殆尽的好奇心。

当年来火车站接我的高中同学，现在去了美国，好几年没见了；当年住在一起的另一个高中同学，几年前也回老家，现在结婚当妈妈了。

幸福从来就是私密的事情，拼了命非要留在他乡的人，浅尝辄止从别处回归家乡的人，一直留在原地岁月静好的人，必定有他们隐秘的理由，在平行世界里各自活色生香。

总有像他们这样的人，在看过风景之后，心安理得地归来，重新开始未完待续的故事。

也一定有像我们这样的人，还在一线城市的滚滚人潮里，为放大加粗的激情和梦想挥汗如雨。

也许，生活本质并无不同。我们都是为了自己认定的更好的生活而存在。

不论他乡还是故乡，没有一处比另一处更有温度；不论你是选择在帝都继续奋斗，还是落叶归根回到最熟悉的那座城，对世界和自己来说，热爱生活从来不以征途来衡量，而是以那颗乐于探索和发现的心。

那么你呢?
是什么原因，
让你至今不愿离开你居住的这座城市?
因为一个爱过的人，
一个爱你的人?
因为这里有你抹不掉的记忆，

或者刚诞生的憧憬?
或者,
是别的什么?

曾经在QQ空间(那个时候还玩空间),我有两个相册,一个叫“在北京的第××天”,想每天拍一张图记录,断断续续,只更新到了第314天。另一个叫“北京因为有你们让我怎么离开”,不知不觉七年过去了,照片里好多人都走了,只有我还在……有时候突然想吃什么了,想看电影了,都不知道叫谁,能随时叫出来的朋友一只手就能数过来,结果你们一个个都离开了。

那种完全没有任何顾忌的朋友,
真的越来越少了。

“为什么不愿意离开这座城市?”
“因为我有不舍得的东西。”
相信城市某个地方也有和我一样想法的你,
晚安。

我就是要买贵一点儿的东西

作者：fany

遇到喜欢的东西就买吧，
贵就贵点儿。
费尽心思得到的，
用尽全力得到的珍贵的东西，
你一定不想失去。
相反，
那些廉价品总是在不经意间被抛弃或者被遗失。
至今没有一个女人因为买买买而倾家荡产，
却有很多女人因为自己的节俭而人财两空。

你身边有没有这样的朋友？

“哎，听说×××最近打折哎，好多东西可便宜了，我买了好多，你要不要去看看？”

“不要了吧，最近没有特别喜欢的。”

“啥喜欢的，喜欢的都那么贵，买个差不多的就行了。”

然而很多东西并不是差不多就行了。

或许还是同一个人，没过几天会跟你说：

“陪我逛街吧，没有衣服穿了。”

“你上次不是说买了挺多的吗？”

“不行，当时看着便宜就买了，穿着不是特别合适，看着看着就不喜欢了，不想穿，唉……”

当然还有另外一种：

“我也有一件和你一样的白衬衫哎！某宝买的吧？50还包邮，你呢？”

“哦，我在商场买的，300多。”

“你是不是傻？我这个跟你的差不多啊，不信你摸，差不多就行了，干吗要买那么贵的？”

是不是每次听到这些话，就一个白眼要翻到后胸腔，老血都喷不出来了？

什么差不多，什么叫我傻？我的不起静电好不好！我的不沾毛好不好！我的不脱水好不好！

然而总有姑娘贪便宜，总挑价格低到毫无痛感、觉得差不多的下手，就算大腿上的肉多割起来没有感觉，割得多了也还是一样疼呀。为什么不挑一块质量上乘、肥瘦相间的好肉，手起刀落，快意恩仇，享受最好的呢?

就拿衣服来说，都说陪伴才是最长情的告白，廉价物品连“我爱你”都还来不及说就夭折了。

就像鞋子，总有一些仿品看起来也是那么像模像样，然而穿起来的舒适度和磨破的后脚，只有自己知道。

从某种意义上来说，一件好的东西可以陪你很久，你想象不到的久。

有人说，积攒了几个月工资为了买一件奢侈品是何苦呢？可我就是很喜欢啊！贵的东西的档次一看就甩仿货几条街，他们把有限的钱花在刀刃上，让自己看起来精致而讲究。不要说人家装，人家花钱没动你家存折；不要说人家浪费，人家只是用你一堆廉价货的钱换了一个品位。

我努力，我付出，我用自己的钱消费，只不过是因为我觉得自己值得享受这些好东西。

买贵的东西并不代表要挥霍。不信，你回头算算，你乱买所谓便宜的东西花的钱是不是也不少，到头来东西只能压箱底?

为了真正喜欢的物品，去努力攒钱得到，努力去追求自己喜欢的，也许当时财力无法承担，但在追求的过程中，会分得清什么是你一定要的，什么是就算没有也没关系的。

最终买到那个想要的东西，如此来之不易，如此稀缺的快乐，是最幸福的时刻吧。

“珍贵”这个词反过来说也可以，因为贵才懂得珍惜。

费尽心思得到的，用尽全力得到的珍贵的东西，你一定不想失去。相反，那些廉价品总是在不经意间被抛弃或者被遗失。

因为昂贵，所以你格外喜爱且珍惜，对它特别好，像对自己的孩子一样。随着时间流逝，它们身上会留有你的气味、你使用的痕迹，它慢慢成为你身边的一个旧物，尽管如此，它曾带给你的特殊体验，就像自己的一部分，一直陪在你身边。

我相信物品都是有生命的，在有限的生命里，独自一人的时候，那些珍贵的东西，会护你周全，陪你冒险，会陪你一路看风景，会唱歌给你听。

你买的不是冷冰冰的东西，你买的是一段人生的伴侣，仅这一点，就值得你花更多的金钱和精力去得到。

你买到的喜欢的东西，
不仅不会离开你，会陪你一辈子，
还会让别人羡慕你。
嗯哼。
晚安。

我一个人时，需要一只猫

作者：13

因为我们一样，
安静倔强而柔软清醒地存在。
面对这个世界，
被同样的孤独喂养，
却仍然相信，
爱和食物能够抚平所有伤害。

已经记不清是几岁时，姥姥用纸箱抱回一只毛色雪白的小猫。那是我第一次体会到非常强烈的想要拥抱和保护一个生命的感觉。那时觉得是“喜欢”，现在想来不是，而是“本能”，就像罕有的同类遇见了同类，彼此了解、信任、依赖，甚至不说同样的语言也能沟通。其实，“语言”只是众多沟通方式当中最浅显的一种。

可是我们依赖语言，尤其是我们人类。

但对于“人类”的身份，从第一眼见到姥姥抱回的那只猫开始，我便产生了深深的怀疑。人总要说很多话，但大多数时候只是为了抵抗待在一起时容易感受到的尴尬和无聊，却对真正了解彼此的内心没什么帮助，反而容易因为话语的缘故，彼此伤害、欺骗、失望……我不太爱说话是生来如此，语言表达有障碍，不是因为想要避免这会给别人带来的种种伤害，生而为人，伤害从来就如饮食与睡眠，不可避免；我也不能一直与人群待在一起，不是因为我不喜欢他们或者想要隐藏什么，而是我需要独立安静的空间才能觉得自己存在，好像孤独是一种适合我的食物，吃下去才能有力气以本来的样貌面对世界；我甚至常常对自己的软弱、狂妄、自私、贪婪、欲望等感到莫名羞愧，却也从未期望自己可以变得完美。只是这样，就让我每次看见身边的猫时总是不自觉地自嘲："看哪，我们这自认为美丽的人类，每天洗澡、化妆、打扮，却仍不及你美丽洁净。"

这种身份的怀疑，让我在猫与人的眼中有了双重的定义。

猫与我亲近，无论何时何地，它们都温柔信任地向我走来，撒娇或拥抱。也许在它们眼中我是猫，只不过长成了人的模样，没有柔软的毛以及粉嫩的脚掌，只有笨重的庞大身躯和有时盲目的眼睛。它们对我友善，觉得我无知无害长得温顺，就心生怜悯，但常常无奈于虽然我生了人的样貌，却无法用大多数人的语言和方式生活，以至于在人们眼中显得不可理喻，我就像暂住在人的躯体里的一只猫。

我倒是从来没有想过给自己定义，对我来讲，猫或其他人眼中的我到底是什么，其实没那么重要，甚至在我自己心里，我到底是什么也没那么重要。重要的是，我本该是什么样子的。"一只猫和一个人"与"一只猫和一只猫"，其实是一样的。

我们不被彼此束缚。我的猫，也会像我的亲人、朋友或爱人一样，有一天突然飞走吧，不再给我这些许借口数落你、喜欢你，亦不再烦我，不再在6点的时候咬我手臂，不再看我刷牙洗脸，不再照镜子犯公主病，不再趴在电脑上假装维纳斯。我知道，我们来去自由，我们从来都只是遇见，不讲再见。关系里的“束缚”，是对生命本质的扭曲认知，生命与物品不同，它不可控制、不可占有，只能陪伴与珍惜，就连“预测”都是妄想，我们只能“盼望”：无论是与一只猫或一个人，关系都可以温暖而长久，且彼此喂养。

我们常常沉默不语。生命的热烈与欢愉在我和猫的眼里都是一样的，不必夸张肆意，不必吵闹跳跃，只要定睛看着就心生欢喜。这看似老气的喜悦其实更像婴孩面对新世界的好奇，我们不会说话，就本能地或哭或笑，但无论哪种情绪和意念，都直直地冲进心底，没有谎言，没有虚妄，甚至连誓言也不需要。只要切切实实地陪伴和理解，在偌大宇宙的某个角落因着共同的频率形成不可隔绝的共振，大家喜欢将这种沉默如谜的默契叫作“心有灵犀”。

我们一同从这世界逃离。每次相望的时候，我们可以看对方的眼睛很久，好像看着看着，就通过一扇门，走进了另一个世界。那个世界与地球不同，混沌缥缈，黑暗漫无边际，我们就是彼此的光，在那里成为彼此本来的样子，照耀了整个时空。这成了我们的小秘密，无论何时何地，互相凝望的时候，就在彼此的眼睛里完成了一次逃离。但是别人不晓得，在那短短的瞬间，我们经历了怎样的旅行，达成了怎样的约定：别人眼里真实的世界，在我们看来却是虚幻的，而属于我们的真正的世界，他们无法得见，因为那个世界任何人无法进入。

我们永远受困于躯体。即便我们相互理解、相依为命，靠心灵和眼睛结成根蒂，但仍然各自被禁锢在不同的躯体之内。就像每一对朝夕相处的爱人，仍然无法真正占有对方。没有安全感的人类，常常靠“占有”填补心里不安的洞：占有一个人，占有一座房子，占有一段时间，占领一处风景，占领一个位置，占领一个国家，占领整个地球……但猫不会，我们承认自己柔弱、渺小、有限，轻盈而无限的灵魂被封存在会腐坏的肉身里，就是所需负担和掌管的一切，并不想要占有更多。即便我们常常相拥而卧，但那并不是占有，而是一个宇宙里自转公转的方式。因为我们明白，添加于躯体里的“占有”越多，躯体就会越沉重，灵魂的负担就会越大。

我们渴望结束流浪。虽然“流浪”听起来自由浪漫，所有的猫好像也更适合不被锁在城市里，而是到丛林里、山野间嬉戏玩耍才显得更自在。但这正如同每个人都觉得“生活在别处”一样，要不停地漂泊奔跑才有意义，却忘了“意义”来自出发之前的原因以及要到达的目标，过程反而不是“意义”，而是因为“意义”而产生的收获与奖励。无论是“猫生”还是人生的意义，都是在永恒流动的时光空间中，找到相对静止的另一个自己，这样即便我们每天仍在生活的单行道里颠沛流离，也仍然不再是流浪，而是在旅程中。所以，我们奔走正是因为我们渴望结束流浪，渴望找到家，那不是指一所凝固的房屋，而是不离不弃的誓约和默契，如同星辰彼此守护。

但是，我们——一个人和一个人，到底如何才能做到像猫和猫一样相爱呢?

我会固执地在它的生命中存在下去，
做一个愚蠢又脆弱的人。
晚安。

一个人的时候，全世界都是一个人的

作者：11

送给曾经一个人住
和想一个人住的你，
一个人的时候，
我学会了好多。

以前读过一本书叫《一个人住第5年》，书中描绘的是作者自己的生活，不过虽都是生活的细枝末节，却有着我们每一个人的影子。

超市的打折商品、菜市场的讨价还价、一碗刚泡好的泡面，兴致来了哼点儿小曲开一瓶红酒，没有猜疑烦琐的感情，没有另一个对立的声音，可以肆无忌惮地大哭、大笑。一年又一年，看着朋友圈里朋友们结婚生子，送上祝福，没有过多的嫉妒……生活随性得不能再随性了。

一个人的时候，世界全都是一个人的。

一个人住的时候，欢乐要自己寻找。书的作者直子说，一个人住第一年，总想买些花朵让屋子更漂亮，到第五年的时候，只会想着哪家超市的高丽菜更便宜。

一个人总是喜欢找借口犒劳自己，一不小心吃太多。

学会了煲汤，做简单但营养的饭菜。

没有你的臂弯，躺在狗狗身上我也可以睡得很好。

坐在床上边吃薯片边看书最惬意了。

偶尔靠在墙上一个人闭着眼放空、冥想，也不会有人来打扰。

回到家后，吃着pizza（比萨饼），喝罐啤酒，听着我最爱的唱片。

寒冷的天气，把自己裹得严严实实地出门，只是因为突然想吃路边的那家小吃。

坚持一周去三次健身房。

在阳光灿烂的周末，可以约上朋友来家里做个brunch（早午餐）。

东西用完永远都要凌乱地摆满整张桌子。

就算是深夜，想吃甜食也毫不顾忌。

冰箱装满了酒和饮料，嘿嘿，对了，我爱酒。

用一种似乎有点儿懒散的方式生活。不用在意对立的声音，不用迁就谁，没人跟你抢厕所，抢电视机遥控，晚上大声开着音响，在房间跳着舞。

一个人，总和单调、孤独联系在一起。没有人觉得不孤独，有的时候这种情绪容易被放大和激发。比如，今天只见到快递员一个人而已，唯一的对话是，快递员“请签名”，我“好的，谢谢”。

我看着作者直子的生活一会儿哭一会儿笑，哭的是自己，笑的是共同的感受。

你和我都一样，你在羡慕我自由的同时，我也在羡慕你身边总有人陪伴。出去旅行的时候，没有人给拍照；买了一个大桌子，只能自己一步步挪上楼；灯泡、水管坏了，都得自己修……慢慢地，我竟然学会了好多事情，事实上看起来的糟糕没有那么糟糕，我们总是高估别人的美好和自己的糟糕。

至少得有那么一段时间，几年的时间，必须一个人生活着，才是对的，否则怎么能够听到自己的节奏？《爱情刽子手》里有一句话我很喜欢：自由的意思是，人要为自己的选择、行动，自己的生活处境负起责任。

我们生活在属于自己的世界里，没人来对我们评头论足、指指点点，动作再慢也不会有人催促，吃什么也不用考虑别人的口味和喜好，也不用在别人面前伪装完美。卧室、床、沙发、卫生间、厨房，所有的地方都是按照我们觉得最舒服的样子布置，即使有点儿杂乱，可这就是真实的我呀。

我们都需要一段这样的时间，和自己做朋友，那是两个人在一起时体会不到的生活，一个人的时候，我学会了好多。

每个人都一样，一个人住，住一个人。

顾城说，“一个人应该活得是自己并且干净”，“只有在你生命美丽的时候，世界才是美丽的”。

以前喜欢一个人，
现在喜欢一个人，
一个人。
晚安。

有一天，我不会说话了

作者：晓树

当我试图让不同意我的人闭嘴时，
其实我并没有让对方认同我，
当对方只是对我浅浅一笑时，
他甚至都不觉得“你傻得可爱”。

小时候从天上谈到地下

小时候我好奇心很重，做些中国学校教育觉得没意义的事，好奇心把我渐渐引向一些大而无边的问题，说出来别笑话，比如宇宙、人类、起源、未来、社会、艺术，等等。

你是什么样的人，就会吸引什么样的人，倒不是近墨者黑，而是大家本来就是黑的，才会“近”，于是我的朋友也半数是和我有差不多兴趣的，自以为有点儿“知识”的人，我们时常会从天上谈到地下，从地下谈到海里，谈论有时变成争论，甚至争吵，甚至因为观点不同而导致人际关系不合。

自负和无知总是一对好损友

当我大言不惭地谈论政治的时候，谈论主义的时候，谈论历史的时候，谈论正义的时候，除了表达观点之外，也会用说话音量和技巧作为手段，甚至引用自己完全不能确认属实的旁证；最终我能让一些人再也说不出话来，也有的人只是一笑，不置可否，我感觉自己说服了对方。无论如何，自豪感满足了我。

直到后来，我多次被说话更流利、声音更大、辩论技巧更高的人堵住嘴，但我心里并不认同对方，或者当我懒得争论只是无奈一笑的时候，我甚至认为对方其实无知得离谱儿，都不愿与之对话——这场景似曾相识，只是对方和我换了个位置而已。

所以设身处地地想想，当我试图让不同意我的人闭嘴时，其实我并没有让对方认同我，当对方只是对我浅浅一笑时，他甚至都不觉得“你傻得可爱”。

有时候炫耀自己知道的那一知半解的知识和武断地做出最终判断，无异于显示你有多么无知，而过于不合时宜地固执己见，不但显示无知，还有自负，自负和无知总是一对好损友。

世界那么大，我能知道多少

我自以为知道点儿什么，但坦白地说我没法儿证明我知道的事情是事实，除了我亲历过的事件，我所知道的一切都是通过别的媒介，即便我是事件的当事人，也十有八九只知其然不知其所以然。随着认知的增加，我越来越发现自己是如此无知。

世界那么大，我能知道多少？我怎么能认为自己就一定对？即便科学家也不敢说他知道一切，况且涉及价值观时，这种多样性就更丰富，世界上有多少个人就会有多少种价值观，面对同一种境况所做出的一切反应都可能不一样，我怎么能说某些人都是生命的迷失者？当我要求别人理解我的时候，我却不具备理解别人的能力。

我发现自己不会说话了

慢慢地我的心态开始变得平和，我开始去理解不同声音发出者的境况，而不是仅仅以自己为出发点去批判一切，每当我要反驳别人时，我开始提醒自己“我其实很无知”，不去争论，不表达自己的意见，地球还是会转，每天还是照样过，表达自己的意见与否好像都改变不了这满目疮痍的世界嘛！

我自然而然地变得不那么有攻击性，不轻易发表言论，不打断别人说话，不再把事物放在简单的是非观里，所以我总是待在角落，听别人说话，如果对话无聊就什么也不听。我坚信祸从口出，病从口入，沉默是金，闭嘴万能，我觉得我在修行谦逊谨慎、理解包容的品格。

可是过了一段时间，我觉得事情有些不对。很多事情都是物极必反，我感觉自己不会说话了，甚至和别人简单地对话都会感到无所适从和紧张——当自行车小贩和我吵架时，我声音细小、结巴，毫无气势；当街上无礼的出租车司机冲我吼叫的时候，我甚至都没反应，过了半晌才气得要死；当一群人叽叽喳喳对于某事争论不休，而我恰好拥有做出判断的理论时，我却没立刻让他们闭嘴而选择沉默，就连我的大脑也停止了运转；朋友问我对某事的意见时，我第一反应只会说“不知道”。

我发现过于谨小慎微的言行让我在一定程度上没有了主见，失去了判断，变得麻木，并且让我越来越愚笨，变成一块没有情绪和反应的橡皮。当我终于运转了一下快要被遗弃的大脑并意识到事情不妙时，我对此感到恼怒了。

说也愚蠢，不说也愚蠢

当我几乎没有言语的时候，我的智力、知觉、情感都萎靡了，曾经激进的、有攻击性的、情绪化的、敏感的自己就没有了，变成一个怯懦、无力、萎靡、麻木的人。

做一个鲁莽、肤浅、大言不惭的人，肯定不符合我想要不断成长的自我要求，做一块麻木沉默的“橡皮”也有点儿太勉强我性情最深处尚存的那点儿躁动的激情。

其实世界上正是因为有各种不同，才会精彩，才有让人好奇的原因，也正是知识的原因，和每一个不同的事物相遇，都是一次有趣的交流，这是见识世界和提高自我最有意思的方式。说错话不要紧，展示无知也不要紧，重要的是一天比一天都更了解自己和世界，我一直在成长，而不是愚蠢而自负地把自己放在世界的中心，其实根本就没人在乎。世界上每天都有人消逝，每个逝者都像我一样有心灵，少了这些心灵的世界依然继续向前，我能做的只有处理好自己的问题，尽力做一个自己想做的人。

可以内向，但别胆小，保持好奇

生活是个人实验，不断生活，不断成长。你年轻，你愚蠢，你疯狂，你欢笑，你痛苦，你像一只无头苍蝇一样乱撞，最终你还是能总体控制大致的飞行轨迹，到达你要去吸食的那一摊残汤剩饭前。

左左右右，右右左左，世界那么大，时间那么长，变化那么多，放开心胸，包容理解，遇见不同的人，和他们一起分享生活，多说说，多笑笑，多学学。可以内向，但别胆小，也别害羞，更别怯懦，保持自己的天赋，不勉强自我成长，无论何时，做个好奇的孩子，我们要搞搞科学，我们要搞搞文化，我们要搞搞体育，我们要搞搞音乐。

不会说话的一个人，
每天只会跟你们说：
晚安。

Chapter

6

愿你成为一个被“嫌弃”的人

当你找到自己，成为自己本来应该有的模样，那些寻找你的人，才会辨认出你来，才能好好珍惜和爱你。

你口中的“无用”，我都喜欢

作者：地球

读一些无用的书，
做一些无用的事，
花一些无用的时间，
都是为了在一切已知之外，
保留一个超越自己的机会，
人生中一些很了不起的变化，
就是来自这种时刻。

数学教授哈代在他的随笔中这么写：

“我干的事情我认为，无论是对现在，对将来都没有用。无论我做的东西是好是坏，它都没有用。它完全没有用途，但我就是喜欢。”

我们似乎从小时候起就被告诫不要去做那些“没用”的事情。

上学的时候，我们被画进一个以高考为中心，半径不超过10米的圆形里，圆以内被称为“有用”，圆以外被称作“没用”。

时间被牢牢卡死在三点一线上，盲目地为了所谓有用的事，做一头目光呆滞、只看得见终点的斗牛。眼里没有其他，分不清什么是想做的，什么是不想做的，只有要做的和必须要做的。

我喜欢看漫画，上学的时候为了买新出的漫画常常不吃午饭。担心在学校被没收，只好带回家偷偷看，结果也不幸被发现了。家人用恨铁不成钢的语气对我说：也不知道看这些有什么用？考试会考吗？

我知道没有用，但我就是喜欢啊。

“有用”是个目的性太强的词语，我们恨不得透过一种事物看到它背后存在的意义。如果这意义有价值，那就做，如果没有，就扔掉。那活得岂不是太像机器了？那种柔软的、不功利的，仅仅是因为它“有趣”而不是“有用”的心情，才是最美妙的吧。

年轻人喜欢谈论“没用”的东西。我们建各种各样的社团，为了坚持自己喜欢的东西，花费无数个夜晚做策划方案，做活动，没有报酬，自己贴补经费，过程中甚至会遭到很多非议。

这些看起来很傻的事情，不就是人们口中最“没用”的事情吗？

但十年二十年过去，回忆起来的，正是这些傻乎乎、没什么用，却常常能让人在酒桌聚会上热泪盈眶的事情。热爱一件事，无论是对是错，是好是坏，有用没用，都是值得骄傲的。

难道以后和儿子女儿吹牛的时候要说自己高中时做了多少练习册和试卷吗?

纪录片《横滨玛丽》里，玛丽与一位美国将校相爱，朝鲜战争爆发后将校奔赴战场，在战争结束后就直接回到了美国，而被抛下的玛丽一直留在横滨。她并不是无处可去，但她却一直为了将校留在横滨，她说：这里的海港，是全日本最有可能与他在此相遇的地方。

在横滨做着风月生意的她，一生遭人唾弃，却坚持在等一个她其实永远等不到的人。

曾经知乎上有一个很火的话题叫：

“喜欢一个不可能在一起的人是什么感觉？”

有一个回答让我印象深刻又无限心酸：知道他一步都不会向你走来，自己却走了99步。

也许这位网友的99步丝毫没有用，却格外让人尊重和敬佩。如果爱一个人得不到就立刻放弃了，那真的是爱吗?

别人眼里没有用的东西，如果是自己热爱的，那就别轻易地放弃啊，因为是它们让你成为你自己。

如果那些事情这么没用，为什么还要去做?

就是因为还愿意去做，那些没用的事情，才变得有价值。

来人间一趟，除了看看太阳，不做几件没用的事，怎么对得起自己虚度的时光?

喝并不解渴的酒，
吃不求饱的点心，
毕竟千金难买我高兴，
管它有用没用。
晚安。

太懂事的孩子，活该没糖吃

作者：凤羽玲

他们多半有一点点自卑、
一点点内向、
一点点敏感，
宁愿自己不开心，
也不希望别人不开心。

谁没犯过傻呢，比如中学的时候，以为谈恋爱这事吧，到了大学，就跟食堂阿姨打饭一样，只要去了，早晚轮到你。结果，并没有。

谁没继续犯过傻呢，比如大学的时候，以为有钱这事吧，有了工作，就会有伯乐识得千里马，只要努力，早晚不愁花。结果，也没有。

要知道，比你漂亮的、比你能干的、比你会来事的那么多，怎么会轮到乖巧的你呢？

不会哭的孩子，奶水总在平均值以下。

那些被冠以乖巧懂事的孩子，大概是这样的：

小时候在玩具店，家长说太贵了，就温顺地点点头走开。
同学说去哪里玩，总是和气答应，不迟到不早退地参加。
老师布置的任务，任凭繁复无理，也默默完成从没花招儿。
就算在公众场合，让座排队这些，都是根深蒂固的标配。

他们好像从不会拒绝，不管是食物口味，还是行程方向，不管是帮助他人，还是牺牲自己，他们都非常善解人意。

可他们的懂事，却让人心疼，他们从不拒绝任何人的请求，也从不向任何人提出请求。他们多半有一点点自卑、一点点内向、一点点敏感，宁愿自己不开心，也不希望别人不开心。

找朋友借一笔数目不小的钱，让男友满足一个无理取闹的撒娇，求父母买一个最新款的顶配电子产品，甚至，为自己买一份有点儿昂贵但梦寐以求的礼物，在乖孩子的世界里都是不存在的。至于放狠话、吵架、撕B，更是绝缘。

乖孩子们总是这样克制隐忍、小心翼翼、循规蹈矩地生活着。他们的存在感不强，也不会主动表达意愿，似乎对人对事都没有什么要求，久而久之，周围人也习以为常，谁叫他们总是老好人呢。

后来，乖孩子开始学着拒绝，拒绝随手帮忙、拒绝言听计从、拒绝总被消费。但只那么几次，却又被打回原形，因为骨子里，他们就不是那样的人。他们就是很纠结，怕麻烦到人家；就是很细腻，希望大家开心；就是很多事，习惯帮人一把。

乖孩子的三观里，总有些人是站在聚光灯下迎接掌声，那必然有人站在聚光灯外热情鼓掌。乖孩子会羡慕那些讨价还价、直接拒绝、频繁求助的人，但如果让他们也那样做，他们却并不会收获同等的满足感。乖孩子的世界未必全是压抑，也有天性和教养。

每个人都有自己的幸福定义，乖孩子用笨办法，于无声无息处努力改变着世界。沉默寡言或态度模糊，这并不代表毫无主见，相反，懂事的乖孩子多半心有一片海。他们的善良是大写的人情味儿，他们的懂事也值得温柔以待。

若你身边也有这样的乖孩子，
请珍惜他们，
他们或许笨笨的，不那么会表达，
却在行动上道出了千言万语；
他们或许默默的，不那么出挑，
却在你身边一路深情久伴；
他们或许傻傻的，不懂得拒绝，
那是因为你的期待对他而言更为重要。
若你就是这样的乖孩子，
让我抱抱你。

谢谢你，

让这世间如此柔软。

让人心疼的你，

晚安。

我单身，不代表我随时有空

作者：晏齐

对，
我是个姑娘，
我没有那么急切想找个男朋友。
我单身，
我很好。

鉴于分别用“开会、加班、出差”的理由推掉了三次相亲，我已经上了亲友讨伐通缉榜，身边的朋友纷纷表示宁愿看我孤独终老也不帮我安排相亲了，临了丢下一句：“你一个大龄剩女，有啥好忙的呢？”再配上一脸的恨铁不成钢。

好像全世界都觉得，到了某个年纪，姑娘们就该犹如上紧了发条的玩偶，专注到穿衣打扮相亲约会中去，套用那句“不以结婚为目的的恋爱就是耍流氓”，这就是“不以约会为目的的忙就是瞎忙”。

可惜我偏偏就不想遵从这种发条模式，比起爱情的可遇不可求，比起两三个小时项目提案似的相亲，我愿意花更多的精力去做些有趣的事情。

单身，不单调

跟我一样“誓死不从”的还有Wind小姐，Wind小姐类似高圆圆的外表下装着一颗24K东北纯爷们儿的心。“生活就是冒险”是她的口头禅，Wind小姐的人生充满了折腾的快乐，当妈的年纪却有颗爱玩的小孩心。她朋友圈晒的都是赞到爆的照片：3月份参加肚皮舞比赛获奖；5月份拿到的初级潜水执照；10月份在土耳其的风情万种；这个月又晒了一张今年累计跑步满500公里的运动软件截图。Wind小姐说，与其凄凄惨惨戚戚在没有爱情中枯萎，不如去接受阳光雨露的灌溉，生活处处是未知，处处有惊喜。

单身，但精彩异常，丰富异常。

空窗，不空闲

很多人把空窗期视为人生大敌，觉得空窗期一定是孤苦伶仃、孤枕难眠，一定是看电影被两对情侣左右夹击，吃自助餐没有人帮忙守餐盘。别当真，这都是吃不到葡萄说葡萄酸。

三年前失恋的Jerry伤心之下辞去工作，专心去读了MBA。朋友都笑称他这是疗伤之旅，没想到拿到毕业证的Jerry同时还收获了同班同学的爱情。单身代表有大量的时间去随心所欲地安排，每天晚上不用应付一个小时的电话粥，悠闲地看一本小说充实充实被Excel磨灭的想象力。周末不用陪他去看宅男动漫展，跟朋友一起跑越野拉练,享受健康的身体。单身代表有更多精力去完成梦想list（清单），随手写一篇博文，涂鸦两笔，或者认真读书上课、健身旅游。将单身的时间安排起来，为未来塑造一个更好的自己。

多年后被家庭琐事缠身的你，一定会感谢自己在单身时期做出的努力。

渴望，不滥情

盼先生是圈内著名点赞狗，只要是女的、单身的，他一定会在对方的朋友圈条条点赞、留言。留言来来去去都是同一句：你干吗呢？大概就是谁应了他就和谁聊，谁聊了他就和谁调情。直到田小姐手撕了盼先生："我这儿挺忙的，您没瞅见吗？"盼先生本想在田小姐的自拍下撩骚，结果收到这一句回复。盼先生贼心不死又发了个"美女，在忙什么呢？"，给田小姐示好。"我看上去像聊天软件吗？"田小姐没好气地回答。盼先生回复了一长串"呵呵呵"后就沉寂在通讯录中。

单身对爱情充满了渴望和期待，但并不是随时有空响应那些泛滥的感情，夜半几句不咸不淡的聊天，不比独自窝沙发里看电影更有趣。周末一顿可有可无的聚餐，可能还没有做个SPA有利身心。

爱情是可再生资源，失恋后可重生，但爱情也是排他性资源，一旦被不好的感情占领，就没有机会去接纳真正的爱情。

无论你觉得单身是贵族还是狗，在那么长的人生中，单身时期是一个奇妙的阶段。没有约会，没有恋人的时刻陪伴，但有时间，有着无限的自主权。单身的人可以把日子过成有求必应的垃圾时间，也可以把单身当成难得的游学镀金旅程。

是的，我单身，但不代表我随时有空。做一个单身不单调、空窗不空闲、渴望不滥情的人。

“It’s better to be single than to be in the wrong relationship.”单身总比苦恋强。

歧视我单身的人，
我甩你88个白眼，
我的生活可比你的有趣多了呢!
晚安。

我每天都假装很忙

作者：秦川玺

“忙”变成了拒绝的同义词，
“改天约”变成了再也不约，
“再去问问”变成了再也没有答案，
还有“出门了”“路上有点儿堵”“生病了”，
统统都有了新的解释。
你每天真的很忙吗？

为什么城市越大，你越感觉到孤独？为什么有人说微信方便了你我的交流，却又让你我的距离越来越遥远？以及，为什么当你不经意间回首，会突然发现，那些你曾经心贴着心的朋友，在不知不觉间远离了你，而曾经有可能发展的异性朋友，也逐渐和你失之交臂？

前不久微信流行一个年终盘点，大意是这一年来你发了多少条朋友圈，得到了多少个赞。身边的朋友发出来，那上万个赞让人瞠目结舌。而当我发出来之后，相比朋友圈发送的数量，只有可怜的几千个赞，让我的心情一下跌到了谷底。

究竟是什么地方出现了问题？这一年来，除了事业上忙碌不堪以外，其余的时间里，我也很努力地在朋友圈里分享我的生活。

“一起吃午饭？”

“今天太忙了，改天好不好？”

“好。”

这是我和朋友的日常对话，收到了对方一个简单的“好”字时，我突然醒悟。我总是表现出一副很忙的样子，竟然在无意间错过了那么多朋友和可能的缘分。

于是我以“忙”为关键词，搜索了所有的聊天记录，竟然发现多达上百条。有来自异性朋友的询问：“要一起看电影吗？”“抱歉啊，还在开会没忙完，改天好不好？”“好的。”于是，最终，改天变成了无言的再见。

也有通过聚会新认识的朋友：“嘿，我叫上了原班人马，这周末再聚一次吧？”“对不起，年底太忙了，周末也要加班。”最终，我们变成了朋友圈里只见过一次的朋友。

“忙”对你来说是一种真实的状态，但对别人来说，“忙”或许只是拒绝的同义词，尤其是不了解你的人，会做出如此揣测。而对了解你的人来说，当对方听到一次你的忙碌之后，会理解；第二次，或许还是会理解；可无论是谁，都不想被拒绝三次甚至更多。最终因为你忙，你的朋友也不好意思打扰你。

异性朋友更是如此，两人本来就处于彼此试探彼此接触的当口儿，一个“早安”或者“晚安”都能被过度解读，更何况一个代表拒绝的“忙”字，对对方来说，便像一颗泡腾片一样，遇见水之后，便幻化成了无数泡沫，平静的一杯水变得波澜壮阔。最终，你们都消失在对方的生活中。

最终，因为一个字，你把全世界都关在了门外。

然而，你真的有那么忙吗？我这样问自己。上班的时候，网购占去了一大半光景。加班了三个小时，因为工作的时间被无限延长，有两个半小时都是无效时间。最终，在你被剥夺休闲的时间里，有一大半都是属于你自己的垃圾时间。

当你已经习惯于将“忙”挂在嘴边时，从另一种层面来说，也是因为懒惰。忙真的不可救药吗？刨除那些领导必须要你开的会，异地出差之外，你仔细想想，有多少次，你说出这一句“忙”，只是不想把眼前的工作捋顺开来？最终，“忙”变成了“懒”的借口。

很多时候，我们的生活中出现了太多的“代名词”。比如“忙”变成了拒绝的同义词，“改天约”变成了再也不约，“我去问问”变成了再也没有答案，还有“出门了”“路上有点儿堵”“生病了”，统统都有了新的解释。最可怕的是，当我们习以为常地当成口头禅说出来之时，却没想到，这样的口头禅经过日积月累的沉淀，最终变成了你和世界的一道墙，你在里面，世界被挡在了外面。

说到这里，请你和我一起想想，当你在用心拼事业，努力做好学业的时候，又是否悉心规划过你的生活？不要让工作的忙碌逐渐变成一件习以为常的事情，最终你将会被工作绑架。而学习永无止境，一两页纸的知识，永远没有朋友对你说的一两句贴心的话来得更有成就感。

其实，
手机那边的你写的字那么有趣，
我一个字都看不进去；
你在我面前说话，那么无聊，
我却想一直听下去。
晚安。

相比走马观花，我更喜欢水乳交融

作者：凤羽玲

我不太喜欢匆忙而走马观花的旅行，
我喜欢没有目的的旅行，
在最平实的异地民宿里，
在他人生活的镜像里，
足够全心全意释放另一个自己，
演绎另一种生活，
解读另一座城市，
当然也收获另一个朋友。

每年，我都会挑十天半个月做一次独自旅行，这个小习惯已经持续了七年。

旅行团不是我的首选。匆忙地在景点拍摄完，就得提着塞满当地特产的箱子踏上归途，和出差别无二致。

苦行僧也不是我的最爱。在结束一年忙碌之后，这样的休假，不会让人满血复活，忆苦思甜有点儿为时尚早。

所以，short stay（短暂停留）。

相比工作的缜密计划，我更愿意用每年的独自旅行放任自己的不靠谱儿。一个书包，两件衣服，即刻订下的机票和民宿，是出发前的全部准备。

在我看来，住在规规矩矩的酒店，对着连老字号主打套餐和地标场馆关门时间都毫无遗漏的行程单，就失去了旅行的全部意义。

short stay之于我，更像是我与另外一个我的重合之旅。

到一个陌生城市short stay，我喜欢住在当地人家里，融于市井，融入当地，融入这个城市，看看当地人的生活。

我喜欢在最朴素的老城区，找一家民宿住下，早上睡到自然醒，穿过三三两两闲话家常的街坊邻居，随便找一家排队的人不多也不少的店，点今天的主打菜。

我喜欢去最热闹的菜市场、水果市场、花鸟市场，感受当地人实实在在的好恶，看他们用方言讨价还价，也带回我不曾见过的城市专属蔬果或鲜花。

我喜欢在傍晚的时候，坐在中心广场，看小孩子们穿过喷泉追逐嬉戏，看大妈们用一统天下的姿态放肆热舞，充满了人间烟火的活力。

我喜欢让出租车司机载我去最古老的街道，那里多半保留着这个城市引以为傲的风华，在老爷爷老奶奶的老房子里有这个城市最贴合的脉搏。

我喜欢找当地的小剧场，听一出我或许并不明白的地方戏，又或者是热血先锋乐队的小众音乐会，活在当下、自得其乐是他们的真实写照。

但我最喜欢的是，和民宿的主人聊天。

愿意出借民宿的房东，多半热情好客，是这个城市最不动声色的代言人。他们会八卦这个城市的某条街道反反复复无厘头的修葺，会告诉你本地传说故事的N个版本，也会建议你不用去某某著名景点没完没了地排队。有时候，我们甚至会聊一聊自己的故事，毕竟，对于素昧平生的人，反而容易卸下防备。

所以，每年旅行，除了旁观一座城市，我还会再多一个朋友。

这样的旅行，没有目的，简单清爽。在城市夜幕降临的时候，那些星星点点的灯光会提醒我，在最平实的异地民宿里，在他人生活的镜像里，足够全心全意释放另一个自己，演绎另一种生活，解读另一座城市，当然也收获另一个朋友。一座城市，用脚步丈量过距离，用鼻子感受过呼吸，是最亲密无间的记忆。

感谢那些热情接纳我的房东，让我有机会尝试新生活，在别人的主场里，放松地扮演着配角，那些他们司空见惯的细枝末节，变成新鲜的养分，润物无声地潜入我的生活，让我有机会成长为更好的自己。他们也让我明白，人生不必处处主场，不妨张弛有度、进退得当，或许换个视角，风景更好。

今年的旅行，出发在即。如果你也和我一样，有着独自旅行的习惯，不如试试去一座陌生的城市short stay，住到当地人家里。

下一次，再提起这座城市的时候，我会说："哦，这里，我曾生活过。"

相比走马观花，
我更喜欢水乳交融。
辛苦一年，
送给自己一次short stay吧。
晚安。

愿你成为一个被“嫌弃”的人

作者：13

你之所以认为我不合群，
是因为我很少说话。
而我之所以很少说话，
是因为我觉得你们无趣。
我不喜欢孤独，
但我与它和平共处，
也并不需要另一个人来赶走它，
因为即便两个人在一起，
你还是需要面对孤独，
也许还会更加孤独。

“嫌弃”大多数时候是个悲伤的词，一读到眼前就会浮现出一个委屈的受气包被很多人冷嘲热讽的画面。但在欲望与享乐掌控世界的今天，我要祝愿所有读到这篇文章的人，都成为一个被“嫌弃”的人。因为有时候只有这样，你才会真正意识到那些人是谁，你又是谁。

没有人很酷，只是我与你不同

一天有个朋友跟我说：“我又被嫌弃了，他们说我不积极参加组织活动。”

事情是这样的，这个朋友C换了新工作，活儿少钱多地位高，本该是值得高兴的一件事吧，结果两周后我就接到她的电话，各种吐槽说不适应。一开始我以为是刚换了地方还没习惯，可是听完就觉得根本不是这么回事。她新工作单位的领导有个下班攒酒局的习惯，酒局的目的当然不是光吃饭，大多数时候还是邀来相关人士聊工作。但C是一个不爱喝酒，工作稳准狠基本不靠闲扯的人，每晚入睡倒也不是很早，但也不会常常撑到酒局结束的后半夜。于是她为了躲避不必要的酒局，就找各种借口先回家，结果就是常常被嫌弃，被人觉得不酷，不好融入团队。

可什么是“酷”？能喝酒、文身、敢说极端的话、半夜不回家……？那流氓岂不是更酷吗？没有人很酷，因为所有人都要吃饭睡觉上厕所，但如果我不喜欢喝酒、不喜欢晚睡、不喜欢下班后组局就被嫌弃，那我宁愿被嫌弃，因为似乎这样更“酷”：我与你们不同，工作不是我的全部，我有我的生活方式，而且比你们更健康。

后来，C依然不怎么参加下班后的酒局，按照自己的节奏生活，工作成绩亮眼。看见C努力又美好的样子，那些曾嫌弃她的人，恐怕要开始嫌弃起自己来了吧。

没有人喜欢孤独，只是我不需要另一个人作为消遣

关于感情这件事，我是那个常常被朋友嫌弃的人。尤其是小学同学，每次回老家聚，他们总是在谈论够了“要二胎”“婆媳关系”“打麻将”“吃喝玩”之后，把我这么多年了还没把自己嫁出去这件事作为最高收官议题来讨论，但最终也捋不出头绪，就只好说：“赶紧的，上点儿心，我这红包都给你攒那么多年了！”

他们对我的嫌弃里更多的是疼爱，只不过对我而言，“孤独”这件事是最不该被嫌弃的。孤独，其实没那么可怕，可怕的是不管一个人还是一群人的时候，你连自己都没有。我不喜欢孤独，但我与它和平共处，也并不需要另一个人来赶走它，因为即便两个人在一起，你还是需要面对孤独，也许还会更加孤独。我也并不需要另一人成为我无聊时的消遣，我一个人的时候从不无聊，总有太多事要完成，所以，我需要一个人，跟我一起，完成彼此要完成的事——夏天和海洋对北方做的事。

你知道，他们说完嫌弃我的话之后，我是怎么回答的吗?

我说：“别催，再催你们老得更快！”

没有人会被所有人爱，但你会有人爱

别总以为自己是因为不够完美才被嫌弃的，完美的人才更会被嫌弃。就像鸭群不会嫌弃一只不好看的鸭子，但会嫌弃一只天鹅，因为它不同，且无法理解。也别总要去讨好那些嫌弃你的人，如果你生来就是一只天鹅，难道要把自己变成鸭子吗?

最后，我还是免不了想起一部跟嫌弃有关的电影——《被嫌弃的松子的一生》，你知道松子啼笑皆非的悲剧一生被嫌弃的根本原因是什么吗?

松子面对生活找不到自我，于是害怕孤独，所以用爱不停填补，然后把自己的人生变成和每个嫌弃她的人一样糟糕，却还对那些人道歉："生而为人，对不起。"

她对不起的，不是别人，而是她自己。

因为她从来没有发现自己是天鹅，还偏要一味讨好，不惜奋力成为一只鸭子，只为与嫌弃她的人生活在一起。

我们不会被所有人爱，但这并不重要，重要的是分清你是天鹅、猫、狐狸，还是一棵苹果树、一朵玫瑰……

当你找到自己，成为自己本来应该有的模样，那些寻找你的人，才会辨认出你来，才能好好珍惜和爱你。你本来就值得爱，无论有多少人不爱你，那都不是你的错，你值得爱，你不需要为此做些什么。

愿你继续被别人嫌弃，
只要有一个人爱。
晚安。

我想用一生去浪费

作者：地球

说什么都无所谓，
反正我已经决定要浪费，
你就像这个夏天一样，
值得我浪费，
因为，
美好的事物都值得浪费。
你能在浪费时间中获得乐趣，
就不是浪费时间。

在我眼里，
“浪费”是个中性词。

像夏日的午后，
风扇对着小腿呼呼地吹，
冰镇饮料和熟透了的西瓜，
时间和阳光一起从窗口流走。
就这样，
什么都不做，

做什么都是徒劳，
完美地消逝，
完美地浪费。

顾城在他的诗里写：

小巷
又弯又长
没有门
没有窗
我拿着把旧钥匙
敲着厚厚的墙

以前不懂，怎么会有人愿意拿钥匙去敲一堵墙呢？如果你没有向我打开一扇门，那我再怎么敲，也是徒劳吧。

如果，我是说如果，你遇见一个在你心里几近完美的人，就会明白，求而不得未必是一件坏事。再多的徒劳无功也无妨，如果是心甘情愿的，浪费就变成了一种享受。

美好的东西都抓不住，譬如晚霞朝露。

我很喜欢"一动不动"这个说法，它和夸父逐日正好相反，一个终日追逐追不到的东西，一个终日等待总会到来的命运。

看起来都在浪费生命，可谁能知道他们的内心不是在享受这段被浪费的时光呢?

高中的一位朋友，从我认识她开始，就没有停止过喜欢一个人。他们从来没有在一起过，男孩心知肚明，但没有接受，也从不拒绝。时间过去了五年，这五年里她做过数不清的跟他有关的事，上课假装偶遇，放学跟踪他回家，篮球场的赛事更是一场不落。

不是所有的爱情故事都像电视剧那样有个美好结局，一切精心的预谋都不会被守在电视机前的观众察觉。

我曾经问过她，为什么只能是他，把时间都浪费在他身上不是很亏吗？她告诉我，这样的浪费让她觉得很值得。

如果说浪费这项事业是一场投资的话，人们投钱投时间，也许不是为了回报，而是为了那种投入的快感和享受。

前段时间看见她在微博上转发了一则“树洞”（悄悄话），转发的文字是“故事太长我都不知道从哪里说起”，想起林宥嘉歌词里唱的，“多久了，我都没变，爱你这回事，整整六年”。

明明没有希望的事情也要做，明明不值得的事情也不想放弃，每个人都会有这样倔的时候。像个赌徒一样，在人生这张赌桌上，押上了自己的所有资本，来吧，不耗到山穷水尽不罢休！

有一段时间，我很喜欢看日落，准时跑到天台看日落变成了我的固定节目。夏天的傍晚很长，带给我一种幻觉，似乎太阳一点点沉下去以后会有什么事情发生。其实没有，但就算什么也抓不住，也格外让人期待。

就好像浪费这件事一样，你明明知道什么都不会发生，但就是想待久一点儿，再久一点儿，多等一会儿，再多等一会儿。

反正我还有一生可以浪费。

平时克制，
放纵的时候才能真正好玩。
我知道自己在浪费，
但就是停不下来。
晚安。

Chapter

7

有些事，你一辈子不做也没有关系

有些事现在不做，可能真的一辈子不会做，而你也并不需要去做，删掉那些可有可无、平淡无奇……

你的善良，得有点儿锋芒

作者：地球

照顾好你的善良，
最好让它开出玫瑰，
用刺
保护它的美。
你的善良，
得有点儿锋芒。

听腻了一句话：善恶终有报，天道好轮回，不信抬头看，苍天饶过谁。苍天谁也没饶过，每个人都得下地狱，旧账新账一起算。

可能区别在于：坏人坐电梯，好人走楼梯。

小时候就被大人教育要做个善良的人，要乖，要听话，不能伤害别人。小时候的世界多单纯，真心换拥抱，毫无防备又大咧咧地迎面冲向新的一天。可是成年人的世界可不是那么单纯的，你也猜不到你迎面冲过去之后，生活会赏给你一点儿甜头还是一个巴掌，又或者是一场旷世绝伦的大雨。
你的真心，你的希望，你的善良，被结结实实撂倒在地，爬都爬不起来。

大学期间曾经在火车站偶遇过一个中年男子，西装革履提着行李包，说他的钱包被偷了，向我借钱买车票。当时的我穷得令人发指，刚坐完28个小时的硬座，钱包里只剩下70块钱，就都给了他，男人加了我微信，承诺说等他到了家一定给我打钱。

我翻了翻他的朋友圈，寥寥数条，都是关于旅行和孩子，觉得应该不是坏人。一个星期后，他把我给拉黑了。我既心疼我的70块钱，也心疼我泛滥成灾的愚蠢的善良。

如果同情一个陌生人的代价是委屈自己、委屈家人，那这就不叫善良，叫傻B。

谁也不是孔子，“爱人”这回事，还是“爱重要的人”比较正确。

微博曾有过一个很火的话题，大致是在两人关系中，其中一方竭力用自己的方式保护另一方的“善良”。像《楚门的世界》一样，凭一己之力营造一个近乎美好的世界。

比如，女孩被骗子骗了钱，结果男孩假装骗子把钱还给了女孩，女孩心生感动，觉得只要人人都献出一点儿爱，世界就是美好的人间啊。

那既然这场梦开了个头，那就得继续织下去了。我羡慕这样被守护的人，但不是每个人的善良都会被守护的，大多数的时候，我们都得自己扛枪，随时瞄准这个满目疮痍一点儿也不完美的世界。

愚善是件可怕的事，善良并不意味着忍，更不意味着退。

不要帮自己不愿帮的忙，活成别人口中的“老好人”并不是一件值得骄傲的事。

“老好人”得24小时都随时待命，想尽办法为别人排忧解难，甚至成了一种习惯，一切以别人优先为原则。

每个人身边一定有这样的人，总是一副“大家好才是真的好”“世界和平最重要”的样子，哪里有需要哪里就有他们的身影，无条件奉献，狠不下心拒绝。

“老好人”们的脾气还特好，从来没看过他们急眼，就算被打落了牙，也只是仰起头咧开嘴，一嘴血水笑笑说：我不过就是善良啊。

生活给了我们很多懦弱的机会，
我们总用“善良”这样的借口搪塞过去。
善良和㞞可不一样，
面对利用别人的善良行骗的人，
一定要一记重拳回击才行。

善良是珍贵的东西，
如果被人利用、
被人轻视、
被人践踏的话，
怎么能忍?
善良必须有锋芒，

多运动。

少熬夜。

记得笑。

我想，你是不同的。

才能让自己更坚强。

善良不能成为温室里的花，
它必须长成玫瑰，
送给爱人，
手有余香；
送给敌人，
扎伤他手。

人不是靠善良活着的，
人是靠坚强活着的。
这是小时候的我们
不会知道的事。

如果一个人对你好，
那绝对是命运的恩赐，
而不是理所应当，
不要过度消费对方的善良。

晚安，
善良的小星星们。

能用钱解决的事情，千万别欠人情

作者：fany

如果一个人对你好，
那绝对是命运的恩赐，
而不是理所应当。
不要过度消费对方的感情，
你要始终记得人情永远比金钱重要。

“代购有什么可怕的，‘被代购’才可怕！”

这是前几天一位去欧洲玩的朋友和我抱怨的，她光是受朋友所托买的鞋、包就一大堆，更不用说化妆品、护肤品了。累死累活跑断腿不说，价钱和某网的海外购差不了多少。不答应吧显得不够意思，答应吧又是自找麻烦。以后再有出行计划，都不敢向外透露了。

你说人家是去玩的，不是替你跑腿搞慈善的，也不是职业代购又不收辛苦费，万一买错了买贵了还被你埋怨，伤了和气，何必做这种吃力不讨好的事情呢？

当然还有空手套白狼全凭刷脸的，所有的设计师都听过这么一句话：“你就帮忙给随意设计一下，下次请你吃饭。”

咳咳，说这话的你有没有想过，没有设计是随便的，也没有设计是免费的？“咱俩这关系，提钱多伤感情。”每个人的时间都是金钱，凭什么要一个人为了你俩的感情无私奉献？谁真的差那一顿饭两顿饭吗？任何职业都有自己的标准。难道每天加班熬夜，被工作和生活折磨得体无完肤的同时，还要顶着垂到胸的眼袋高唱着“友谊万岁”为你两肋插刀吗？

都说谈钱伤感情，可是谈感情呢？伤的不仅仅是钱，更是感情。如果你真的把他当朋友，你应该尊重以及珍惜他的付出，收起廉价的感情牌，世上任何非自愿的付出都不是一句“咱俩谁跟谁”能结算清的。

更别提那些为了白拿一场演唱会门票，让身为工作人员的朋友帮忙想办法的事，天知道你的朋友为了这张票费了多少心思，拜托了多少人，而你只不过在最后来了一句“辛苦啦爱你么么哒”，甚至还埋怨座位为何不是VIP第一排！

天哪！我对此表示：任何在嘴上说说不付诸行动的感谢都是耍流氓！！

朋友应该是“我可以翻山越岭，穿越人群去给你一个拥抱”，而绝不是“我翻山越岭，穿越人群去给你搞来一张门票”。

前人说得好：出来混，迟早要还的。想想你欠下的那些人情，你该用什么还?

中国是一个人情社会，我们喜欢用各种各样的“人情通行证”来开路。可人情和卡里的余额不同，是没有办法计算的，现在用了多少次人情折扣券，以后就得交出多少个人所得税。

不管是对朋友、对同事、对陌生人，冷静而又尊重才是平衡的，人际关系在平等的基础上经营运转，才能清清楚楚明明白白。人的感情那么脆弱且珍贵，在人情日渐淡薄的社会，如果一个人对你好，那绝对是命运的恩赐，而不是理所应当。不要过度消费对方的感情，你要始终记得人情永远比金钱重要。

信用卡透支了，只要你按时还，你还是莲花，出淤泥而不染；但是人情的额度一旦透支，你要花多大的代价才能挽回一个曾经掏心掏肺的朋友呢？退一万步来说用钱来解决的事，就算最后搞砸了，不就是钱吗，世上还有大把大把的等你去赚，但是刷人情来解决，最后失去的可能是曾经给过你陪伴，深夜一起喝闷酒，没头没脑地煲电话粥和失意时安慰你的人。

能用钱解决的事情，就不要上升到人情的高度，用金钱交易可以让关系简单纯粹，更加直白，但是用人情去交易呢？牵一发动全身，搞不好就落得情淡了，人丢了。

因为珍惜，所以不愿欠人情。

虽然自古谈钱多撕B，
我们也要努力做一个“耐撕”（nice）的人咯。
好梦。

你给的嬉笑太盛，于是没有人欣赏你的认真

作者：fany

你从不生气，
装洒脱假装酷，
没心没肺，
呵呵一声无所谓。

我们总是说：

姑娘，记住你是个姑娘，然后像个汉子一样生活。

姑娘，别哭，眼妆会花，别低头，王冠会掉。

于是，你听信了这些看起来励志无比的话，开始嘻嘻哈哈地对所有人展露笑颜，仿佛不把脸笑成一朵雏菊便是亏欠。

你再没有在人前示过弱，装疯卖傻耍二逗贫，成功变为人群里的活宝，圈子里的开心果。提起你，他们的反应是，“哦，你是说她啊，整日里嘻嘻哈哈没个正形”。

因为他们都看不见你的认真努力，仿佛你的认真像是在搞笑。

隔壁宿舍有个姑娘，在班上混得颇开，普通话说得不是很标准，有股方言味儿，听上去自带喜剧效果，她也乐得做个谐星，大家叫她大笑姑婆，像是早年吴君如那般。有人不开心了就去捉弄她，对她搞恶作剧她也从不生气。有次上课她睡着了，同学在她脸上画了小丑，她浑然不觉，顶着小丑脸站起来回答问题，老师责骂她，让她出去反思。下课后，她还能顶着那张脸给大家贡献良多表情包。

选优秀班干的时候，班长女朋友也想横插一腿，于是班长把她应得的头衔私自安排给自己女朋友，她知道结果后，浮夸地仰天大笑之后拍着班长肩膀说：此等小事，拿去拿去。

班长也只是回应，就知道你最好说话，反正你也不在意，谢谢哈。

荣誉就此别过，也并未得到衷心感谢。

系里想换辅导员，选代表去提议，大家都推荐她去，这是一种吃力不讨好又容易出问题的学生活动。原因是大家说，反正她平时都不在意，很快就会忘记的，没关系就她吧。

于是她被系里通报批评，说是违纪乱纪。

那天经过她宿舍，我听到她的哭声，隐隐的，带着压抑，完全没有平日里的疯癫基因。

因为不熟，冒昧惊动也难免尴尬，于是默默走开。

其实她也很努力，但被人捉弄导致老师对她印象极差，差点儿挂科；辛苦一年做了那么多工作，头衔轻而易举被拿掉；被人硬推上那个位置并冠上她的名字，她也只得承受。

她近乎低微地不在意，任人揉捏，不过是想与大家相处得融洽一些，让大家更能接受她。接受她的口音，接受她的缺陷，能够友好地对她。

所以装洒脱假装酷，被戳到痛点，又不想亮出脆弱的一面，只好没心没肺，呵呵一声装作无所谓。

把面具掀开，先喘口气，乔老爷子教导我们：Stay hungry, stay foolish.（求知若渴，虚心若愚。）从什么时候开始我们丧失了保持愤怒的权利，而一味地做个“好人”呢？从什么时候开始我们哪怕咬破嘴唇也只会笑着跟人说话呢？

你笑得太多了，别人就会觉得反正你不会哭。你玩笑开得太多了，别人会觉得反正你也不是认真的。所以，去他妈的保持微笑吧！我生气了就要摆臭脸！

曾经有人在知乎上问：被别人伤害后如何处理自己的愤怒？我很喜欢

里面的一个回答，她说：“把这件让你愤怒的事情记下来，然后去跑步。记住不要忘记自己的愤怒。”

不要忘记自己的真实心情，不代表一定要隐藏起来，这个世界不乏好人，缺乏的是真实的人。

古龙的《绝代双骄》里有一种毒药叫作“含笑半步癫”，服用过后只能大笑，不会再有别的表情，最终内力衰竭而死。

总是大笑而过的话，即使不死，也要小心笑肌僵硬哦。

我喜欢你。
真的吗?
开玩笑的啦。
哦。

我喜欢你。
真的吗?
开玩笑的啦。
哦。

我喜欢你。
真的吗?
开玩笑的啦。

哦。

我喜欢你。
我知道你是开玩笑的啦。
这是我男朋友。
哦。
（其实这次我是认真的。）

你笑得太多了，
别人以为你不会哭。
晚安。

你缺的不是和你说晚安的人

作者：凤羽玲

在每个迟迟不愿睡去的夜晚，
我们都等待着一个人跟我们说一声
“晚安”。

这年头，如果没有点儿拖延症、强迫症、抑郁症，正常得不要不要的，出门都不好意思跟人打招呼吧。除非年过半百，不然这些综合征，网络原住民多半不能幸免。若论起发病率最高、人群分布最普遍的，一定是晚睡症，资深患者更是一操场一操场都装不完。

吃完饭斜靠在沙发上，先看个电影吧，看看最近火的片，真不少呀，根据大家的评价、打分，终于敲定一部。看完电影10点了，有点儿饿了呢。起身找点儿零食，这个热量太高，那个口感一般般，是忍一下睡觉当减肥呢，是正儿八经来个消夜呢？真是个问题。好吧，这块巧克力和半杯果汁不会胖到哪里去，就它们了。

吃完后有点儿罪恶感，做个平板支撑吧。坚持到37秒，没忍住，算了，换仰卧起坐30个吧，好歹也是动了一下，虽然这运动量有点儿掩耳盗铃，不过家里也不方便运动不是？

再洗个热水澡，想想都好久没去死皮了呢，腰上好像又多了点儿肉；吹头发的时候刘海儿有点儿长呢，得找个时间去剪剪了；那几个顽固的痘印怎么还没消呢，等会儿上网查查哪款产品能对症；这睡衣上次和其他衣服一起洗，有点儿染色，要不要上淘宝买件新的呢？如果在这过程中找到了某个点，一时兴起查一查，百度、知乎、天涯轮番上阵，再花一个小时也是天经地义。

呀，今天的单词还没背，睡前半小时的书还没看。再磨叽一下，单词不如周末抽一天一起背好了，至于书，今天看了几篇长文章，大概可以代替，今天的任务马马虎虎也算完成了吧。可心里不安，还是看一段再睡。

终于躺在了床上，刷刷朋友圈，看看微博热搜，和三两人有一搭没一搭地聊着，谁谁谁正出国阳光沙滩，谁谁谁半夜还在当泡面加班狗，谁谁谁终于练出了八块腹肌，谁谁谁发了段鸡汤顺便发了张45度自拍……看明星们绯闻，看段子手搞怪，插播几张深夜放毒的美食，再点缀一些悲喜时事，换个姿势继续看，睡前时光也就不过如此了。只是这么随便刷刷，很容易就过去了半小时、一小时呢。好了，不早了，得睡觉了。

关上灯又打开，手机忘记充电！插好充电线关上灯，终于要正式睡觉了。此时距离和家人朋友说晚安已经过去了两个小时。晚上真好，时间空间都是自己的，被被子包围，安全又温暖，白天可就不一样了，必须打鸡血。哎呀，明天早上的那个方案要点发给我了吗，开手机看看。哦哦，发过来了，这群里的对话怎么白天没在意呢，这几句是什么意思？是针对我吗？最近工作压力好大，还是别吓唬自己了，得想想明天穿什么呢，这不热不冷的天，穿衣服真难搭啊，晚上还有个小聚会得穿一双好走路的鞋……

明明早上起来信誓旦旦今天要睡个早觉的人，就这么拖拖拉拉，又睡了一个“早觉”！在新的一天开始没几个小时就开始睡觉，真是早觉呢，其他人可是在前一天的最后几个小时就睡去了！

以上场景如果似曾相识，你也供认不讳，就该知道，关于各种综合征，你缺的不是一个跟你说晚安的人。

真正让我们晚睡的不是五光十色的娱乐，而是缺乏一种满足、一个仪式。

我们的潜意识里，入睡意味着一天的完结。在每个迟迟不愿睡去的夜晚，我们其实还没做好足够的准备来结束这一天，于是我们一边焦虑、一边烦躁、一边明知故犯，在手机巨大的碎片流里一遍一遍寻找能给自己满足感的信息，希望获取一个笃定的“嗯，今天就这样，很好，可以睡了”的反馈，然后心安理得地睡去。一事无成的否定感是大多数晚睡者的心魔。更何况，晚间的独处时间，安逸又自在，延长这种自由是舒适的，但一觉醒来，学习、工作、家庭、生活的压力又纷至沓来，恶性循环……

在没有外部原因阻碍的情况下，总是无法在预计的时间上床睡觉，这是灯火阑珊的都市里许多人的写照，如果你也是这个群体的一个人，不妨试着这样改改：

别再订计划了。不再想早睡、拖延、今天有什么没完成。是的，那些方案、计划，让它们见鬼去吧。对，今天什么都没做，你就是一凡人，但睡好了有好身体可以明天做啊。

营造睡眠环境。房间不要灯火通明，选择暖色的灯光，可以来一点儿舒缓的音乐。

即刻入睡的状态。洗完热水澡，擦完乳液，做完面膜，铺好床，喝过水，为电器充上电，上完洗手间，手机关机。当做完这一切，睡觉就变得很自然了。

做点儿仪式感的小事。比如记录一天的账单和事件明细，阅读几页书，打一个电话给远方的家人，或者读一篇喜欢的公众号文章。这件事并不需要多庞大，也不需要多繁复，但却能融合一点点满足感和仪式感，带来这一天完结的心理认同。

最后，对排斥的事情，既然终究要做，不如趁早迎难而上吧。白天处理完心结，是晚上可以安然入睡的催化剂。

关于早睡，你缺的不是一个跟你说晚安的人，而是和自己说晚安的勇气和行动。

“少熬夜、多运动、记得笑”，
祝每一个人都好眠。
晚安。

你想做的事，从来都不晚

作者：心悦

没有什么“做得太早”的事，
也没有什么“开始得太晚”。

随着期末考前没日没夜的复习，随着年前疯狂的加班，你一定在默默倒数放假回家的日子，但心里却悄悄打鼓。

所谓“近乡情更怯，不敢见姑姨”。

一想到“七大姑八大姨”这几个字，感觉已经受到了一万点伤害。

她们最擅长的，就是拿年龄说事，好像几岁该做什么事情，都是一种规定，人人都应该遵守。

不知道你是不是像我一样，向来有些反感别人拿年龄说事。

“小小年纪，脾气倒挺大。”

——6岁的我不懂，我天生倔强，跟年纪有什么关系?

“你都这么大了，钢琴还没考到十级?”

——12岁的我不懂，想多练一会儿自己喜欢的曲子，有什么不行?

“你这个年纪该考虑谈婚论嫁了。”

——28岁的我不懂，怎么好像人人都在为我操心?

“否则等你到我这个年纪就会后悔了。”

——不管到多少岁我都不懂，年龄为什么会定义这么多东西?

对整个人生而言，早早地把一件事完成，真的是种胜利吗?

而太晚地着手做一件事，难道就是输在起跑线吗?

什么年龄该是什么样子，真的就有一个普遍适用的定论吗?

美国专家说，50岁是人们感到最满足的年龄。

日本专家说，90岁年龄群的女性幸福感最高。

耶鲁大学发现，平均来说，34岁是人们最幸福的一年。

那，我到底应该在哪一年感觉最幸福?

曾经有一项网络调查表明，女性普遍认为，30岁的女人最有魅力。

但事实是，任何一个年龄段的女性都认为自己这个年龄段最美丽，并且，年龄越大的女性越认为自己现在最美。

不得不说，女人们是对的。

现在的你永远是最美的，别去管别人说什么。

年龄或许能改变你的容貌，但没关系，靠保养你是能够抵抗它的。

所以干脆忘掉它吧，毕竟年龄本身改变不了你什么。

如果你要说，即使是这样，人们都那么说，总是有些道理的。

比如说，40岁的女人开始走下坡路了，听起来似乎没错。或者说，我才20多岁，要想成功总还要等几年呢。

但她们要告诉你，真实的情况根本不是这样。

40岁的女人或许已经有了皱纹，但你要知道，佩内洛普·克鲁兹40岁时，被评为全球最性感的女人，那时的她已经是两个孩子的妈妈了。

20多岁的时候，你或许想不了那么多，认为得过且过就算了。

凯特·温斯莱特却在22岁时凭借在《泰坦尼克号》中的演出，第二次入围奥斯卡奖，成为史上最年轻获得两次入围的演员。

没有什么“做得太早”的事，也没有什么“开始得太晚”。

去做你第一时间想做的事，去游乐园的蹦床忘乎所以地跳跃，像孩子一样无所顾忌；

随时可以开始你认定的一定要做的事，像电影里的女主角一样优雅地演奏大提琴，哪怕你并不想以此为生；

给自己一个间隔年的时间，去调整自己的状态，想清楚自己确定要做的事；

哪怕就是一成不变，就是这么从容，就是这么任性。

光想想都很美好了，更何况去实现它们呢？

相信自己，为你自己负责，而不是为你的年龄负责。

自由地选择吧，
你想做的事，
从来都不会晚。
晚安。

你做过的选择，都是最好的选择

作者：心悦

当你老了，回顾一生，
就会发觉：
什么时候出国读书、
什么时候决定做第一份职业、
何时选定了对象而恋爱、
什么时候结婚，
其实都是命运的巨变。
只是当时站在三岔路口，
眼见风云千樯，
你做出抉择的那一日，
在日记上，
相当沉闷和平凡，
当时还以为是生命中普通的一天。

——陶杰《杀鹌鹑的少女》

选择困难症是种流行性疾病。

午饭吃什么？选不出。这份套餐太扎实油腻，那份套餐又寡淡得引不起食欲。

坐地铁还是打车？地铁换乘很拥挤，路上交通更糟心。

红玫瑰还是白玫瑰？大火煮开我受不了，小火慢炖我受煎熬。

爱情还是面包？要么你吃风儿我吃沙，要么你我各自闯天涯。

A or B？（选A还是B？）

放在一起比一比，

哪个都是惨不忍睹。

于是我们在自己架设的天平中间举步维艰，焦虑不安，因为一旦做出了选择，世界似乎就要倾覆。

只能在世界中心呼喊——生活就是个浑蛋！

等等……先让我抉择一下，到底要不要喊？

我有一位朋友，博士即将毕业，性别女，真是个“高危物种”。她已经读了25年书了，一切对她来说，似乎没有其他的选择，最好的学生就是应该一直读最好的学校。

直到现在，临近毕业，她发现再无可读之时，她的下一个选择变得困难无比——

似乎没有了“应该”选择的路。

她迷茫了，如果要投入工作，虽学历高但毫无工作经验，工作压力大，没有时间遇到心目中百分百完美的伴侣，于是滚雪球效应下，可能无法在适婚的年龄结婚，于是也生不了宝宝，越思越想，后面会有种种不可预知的糟糕后果，大龄剩女，穷途末路，老无所依，世界毁灭，game over（游戏结束）……

原来想做人生赢家，竟然要输掉很多东西，而且甚至是赢不回来的。

这么一想，似乎要对人生绝望了。

前些天看了部电影，安妮·海瑟薇在与罗伯特·德尼罗共同主演的《实习生》里就塑造了一个超拼的完美主义女强人。

当她的事业蒸蒸日上时，生活却逐渐失去了平衡，应接不暇的公事让她24小时都不得闲，公司董事会质疑她的工作能力，而后，就是身为全职爸爸的老公出轨。

这个剧情就像是社会习惯性思维为广大职业女性下的诅咒，无论你的工作有多么出色，无论你是如何享受人生，无论你是多么光彩耀人——你的爱情绝——对——不——会——美——满！

但是如果你相信了这样的设定，你的人生才不会完美。

就像老实习生Ben对她说，当我站在你的身后，看到你亲手教工厂女工怎么折衣服时，我就知道了公司为什么会成功。你需要它，它是你的梦想。而你正准备放弃它，就是希望你的丈夫不要出轨，它们怎么能够持平呢?

它们怎么能够持平呢？爱情和工作怎么能够持平呢？它们本就不是在天平的两端，并非要你时刻左右掂量。如果说工作让我们得以实现自身的价值，那么爱情则让我们成为更好的自己。

片中罗伯特·德尼罗微笑着讲:

“You are never wrong to do the right thing.”（做正确的事情，就一定不会错。）

职场如此，情感亦如此，因为生活即如此。

红玫瑰与白玫瑰的选择，人人似乎都能代入，似乎哪个选择都是不完满。

因为一半是海水，一半是火焰，你舍不下新鲜刺激，也舍不下温柔平和。

但有时也要换过来想想，你所面对的选择真的就是一半对另一半吗?

每个选择之后，还有无数个选择，没有哪一个选择，能禁锢我们的一生。如果你发现之前的选择不够好，只要愿意，都会有新的机会，将选择重新导入你想要的轨道。

钱锺书说：“天下只有两种人。譬如一串葡萄到手，一种人挑最好的先吃，另一种人把最好的留在最后吃。照例第一种人应该乐观，因为他每吃一颗都是吃剩的葡萄里最好的；第二种人应该悲观，因为他每吃一颗都是吃剩的葡萄里最坏的。不过事实上适得其反，缘故是第二种还有希望，第一种人只有回忆。从恋爱到白头偕老好比一串葡萄，总有最好的一颗，最好的只有一颗，留着做希望，多么好？”

选择题有时候也是一道放弃题。别害怕做选择，更别害怕放弃。你有时候要放弃的只是一点儿对完美的预期，但收获的，是全部的自己。

没有最好的选择，
如果有，
就是你选的那一个。
晚安。

有些事，你一辈子不做也没有关系

作者：fany

“我将要去”变成了“我去过”，
“如果”变成了“后悔”，
“我爱你”变成了“曾经爱过”。
有些事，
没有也好。

当年五月天唱的那句“有些事现在不去做，就一辈子都不会做了”，让我们燃得不行，恨不得马上就列个“××岁前一定要做的事”，然后单枪匹马仗剑天涯一个一个实现心中的理想。

一分钟后脑袋里滚烫的热血慢慢变得恒温，眼前的工作和学习抓住你，让你看看现实的生活，问你：真的非要现在就去吗?

蔡康永在他的微博上说：
有些事情现在不做，
一辈子都没有机会做了。
这话没错，

但是有些事，
是你一辈子都不做，
也没有关系的。

大概是两年前，朋友给我看她在大理的照片，春天的时候大理樱花开了，阳光刚刚好，鸟儿在洱海上盘旋，一切看上去都很美好。于是我内心也开始计划一场明年春天的大理之行。那一年里，我看了很多攻略，对比各种民宿青旅，查了很多当地美食，什么时候花开，什么时候鸟儿飞来，机票也订好，一切都等着春天的到来。

这个幻想持续到我踏上那片土地就破灭了，花没有开，鸟儿没有来，甚至有一半的时间在下雨，一切都和我想象的不一样，或者说，在我的想象里它过分美好了。

这种失落和难过一直持续到我离开，那些期待已经不值得期待，一切“我将要去”变成了“我去过”，那份失落就变成了真实而具体的难过。我甚至有些怨恨自己为什么要去，为什么要毁掉心里的一个期许。有时候也会想是不是我换个时间再去就会好些。

麦兜说：火鸡的味道，在将要吃和吃第一口之间，已经是最高峰了。

我一直在想，如果我把“春天去大理”这件事始终保留在脑海里，会不会更美好呢？保留一份彼得·潘世界的Never Land，会不会更有意义呢？它就可以一直吸引我，让我一直痴迷。

《海上钢琴师》里那位蒂姆叔饰演的1900，在海上那艘巨轮里生活了半辈子，遇上了他挚爱的女孩，他想过下船去找她。就在我们都以为他会有更不一样、更完整的人生的时候，他甚至连下船的台阶都没有走完，又回去了。

从没有到达过的土地，和没能牵手走完一生的女孩，变成他心中最完美的回忆。也许他在脑海里已经完成了在陆地上度过的人生，就好比一个念头在脑海里被反复琢磨了上千次，那么它是否成为真实，可能就没有那么重要了。

有很长一段时间，我陷在没有盼头的困境里。有句话让我印象深刻："已经做过的事情决定了我们是谁，想要去做的事情决定了我们会成为谁。"

得不到的永远在骚动，想做还没有做的事情让我们变得生动。

因为好奇、热爱让你对某一件事情或者某一处地方怀有幻想，这种幻想让人欲罢不能，而这欲罢不能让你拥有渴望和追求，它给你的生活增加了很大的动力，更努力地工作，更积极地生活，为了让自己的精神配得上你的幻想，你会不顾一切地去到达。

就像那首诗《伊萨卡岛》告诉我们的，只有在还没有到达的时候，伊萨卡才是神奇的。"伊萨卡给了你神奇的旅程，没有她，你就不会去远行。而现在，她已经没有什么留下给你。"

“我将来一定可以做到”的事情，如果存在于你的脑海里，那么请让这个念头保持得久一点儿，再久一点儿。它最有价值的地方不在于你做到的那一天，而在于你渴望做到的过程中，它赋予你的无限热情。

有些事现在不做，可能真的一辈子不会做，而你也并不需要去做，删掉那些可有可无、平淡无奇、为了得到而得到的“目标”，别做“伪需要”的奴隶。

我没有做，
不代表我没有梦。
晚安。

Chapter

8

怕你看破，用笑掩过

也许你笑他们虚伪，似乎只要一盏聚光灯打下，就必须咧开嘴，笑对人生；而灯光一灭，就躲在角落，开始逃跑计划。

总有人说你变了，但没人问你经历了什么

作者：13

你鲜活的生命，
只有真正爱的人才配分享。
最讨厌的三个字就是：
你变了。

许久没见的亲戚、朋友再聚，开头总会是这样的：

“呀，你变瘦了！”

或者：

“哈，你变胖了！”

我都当成赞美，只是笑笑过去，并不会真的强迫他们像做报告一样解释。

因为在“瘦”和“胖”这最显而易见的改变背后，其实没有人真正想

成年人最擅长的，就是成为一个外向的孤独患者，一面露出来，一面藏起来。

我们一路走一路丢弃，再一路寻找。

如果是去见你，我会用跑的。

世界上最好闻的味道，是喜欢的人。

知道你到底熬了多少夜，挨了多少饿，流了多少汗或者吃了多少脂肪、碳水化合物与糖。在有些事情上，大多数人只欣赏最浅层的表象，就像别人结婚和怀孕时我们都只会说老套的恭喜话，却不会真的去问到底经历了几个前任、播了多少次种。我想，在适当话题上的“不追问”和“不解释”也都是出于“人艰不拆”的礼貌。

但若真有一些人不顾礼貌与体面，出于爱护锲而不舍地想知道你改变背后的所有经历，甚至想知道你一天喝了几杯什么味道的水，坐车错过了几个站，昨晚做了什么奇怪的梦……即便你对这种方式不太习惯，也请感谢并珍惜，因为这种人很有可能就是你的“生命持有者”——若生命最终都将成为绝版秘密，也许最终只有“一些人”或者“一个人”得以为你珍藏那些有血有肉的记忆。

不，不是记忆，那就是你鲜活的生命，只有真正爱的人才配分享。

刚来到这个世界的时候，我们都是哭着的，因为有家人爱我们，才学会了笑。

小时候，爸爸妈妈来看我，送他们走的时候，我在姥姥怀里哭；大雪漫天，交通瘫痪，推着自行车踩着没膝的雪走十几公里，脸上和迎着北风的一半身体上都是一层冰，我一推开家门就哭；大公鸡被杀了，我会哭；看书、看电视、看电影甚至看动画片我都会哭。然而，这些从小到大流的眼泪加在一起也没有为喜欢一个人而流的眼泪多，多到在炎热潮湿的南方，我分不清哪些是眼泪哪些是雨水，路人注目，我形象全无。

后来，我离开南方，就莫名其妙地越来越爱笑，再也没有眼泪了，也许因为跑步流汗，也许因为放下了他。

心理和生理的发育迟缓，导致我直到初二都被别人当作男生，而且我还长得黑。只是因为想要长大后变成他们认定的美人，我就追着所谓的时尚开始各种美白、学着化妆打扮，为了躲避太阳而把自己关在屋子里，甚至与外界隔绝。当有一天，我看着镜子里的自己时，发现那根本不是我。

后来我放弃所有别人的标准和规则，把自己丢在热带的海里，摊在毒辣的阳光下，皮肤的表层被烙上阳光印迹的同时，从前心里那些软弱和对自己的疑惑也被那灼热的光杀死了，我终于知道自己本应该拥有的模样，也不再害怕或羞于成为那样的自己，因为那才是造物主的奇妙旨意。

面对这个世界，我曾经是有怨恨的，而怨恨来自无知。小时候，我不明白爸爸妈妈为什么会吵架，爸爸为什么喝了酒就会变成另外一个可怕的人，妈妈为什么总是很操劳，哥哥为什么总是不喜欢爸爸……长大后，我不明白为什么好多事跟姥姥教给我的道理不一样，为什么喜欢一个人会让人痛苦，为什么自己脑袋里总有那么多“为什么”……但当我发现很多无解变成怨恨，而令我怨恨的人或事都因为不同理由变得很糟糕之后，面对众多巧合我开始害怕了：即便无意识的念头也可以变成致命的伤害。

后来，我就再也不问“为什么”了，不是逃避现实也不是不求甚解，而是懂得了所有问题的题目和答案都是“爱”，而不是恨。

所以，当我听见“你变了”，即便对方表情诧异，我也还是会安心平静地微笑。因为，爱即便可能会让我看起来很“怪”，但一定不会变坏。

“你变成熟了。”

“嗯，原来是五成，现在是七成。”

“你变傻了。”

“嗯，我这辈子要完成的事用手指就可以算完，所以都不用计算和计较。”

“你变远了。”

“因为只有这样才能接近我要去的地方啊。”

“你变精神了。”

“我刚睡醒，而且做了个好梦。”

“你变矫情了。”

“这样才能更好地‘么么哒，爱你’呀。”

…………

“你变得……不一样了。”

“哈，我终于成了我自己。”

改变，从来就不是一个对外在世界的结果，而是一段内心世界的旅程。希望爱，会让我们变成一个越来越像自己的人，而不是非人或别人。

我变得有点儿不同了，
那些深藏心底的秘密，
是我们成长的真相，
我从不问你的过去，
因为，
我们都一样。
晚安。

高情商就是心里装着别人

作者：fany

有时我们说谁情商高，
会做事会说话，
拆开看其实正是些我们不以为意的细节，
被他们演绎得很好，
做得不留痕迹又分外贴心。

还在念初中的时候看安东尼的专栏，对，就是那个陪我们度过漫长岁月的安东尼。有一篇是关于他在墨尔本留学的随笔，里面说到每当他在公共浴室洗完澡后，都会提醒自己收拾好掉在浴室里的头发。那时候我对文艺男孩并不上心，但这个小小细节真的戳中了我。

有时我们说谁情商高，会做事会说话，拆开看其实正是些我们不以为意的细节，被他们演绎得很好，做得不留痕迹又分外贴心。

这些细节就像思想和品位，时间会让它们沉淀，成为高贵的灵魂。

我曾看过一张照片，一位拾荒的老人背对着镜头坐在河边的椅子上，他在他坐着的地方垫了一张报纸。就这么一个细节，让我对他怀有崇高的敬意，摄影的作者说，这是一种匠人精神，他担得起“拾荒匠”这个称号。

我非常相信灵魂之间的吸引性与排斥性，吸引性不用说，现代人交朋友太轻松太简单了，只需要一个微信号，很多时候我们都惊讶于朋友圈中两个毫不相干的人竟然认识。因为太简单，甚至都不需要筛选，不用志趣相投，不用三观一致，不用同甘苦共患难。既然这样的相识如此简单，那么疏远也就更简单。

灵魂之间的排斥性，说的就是这样的疏远。我的一个好脾气朋友，对于我们这群黏在她身边的朋友都格外宽容，她的交友底线只有一条，就是：吃完饭把椅子推回去。她总说一句话：这点儿小事都做不好，还长不长脑子?

你有没有想过，有时候你做多少事都不能跟那个人友好起来，可能就是因为这些不痛不痒的细节，尤其是这些关于教养关于情商的细节，它可以轻易地撕裂一段关系，也可以很轻易地伤害一个人。没有人愿意跟情商低的人一起玩，因为累。

而情商高的人，他们总能不动声色地在细节上照顾你，让你觉得舒适，相处起来如沐春风。

比如志玲姐姐，娱乐圈公认的高情商。每当在镜头前和比她矮的艺人合影，她都会体贴地蹲下一些，或是弯着腰。小S的老公非常喜欢林志玲，小S气不过，在《康熙来了》里就算不是她当来宾，也必须黑一黑她。一直到她上《康熙来了》，直面小S的毒舌，也是微笑应对，甚至顺着小S的话往下说，从不正面应战。

从弯腰这件小事就能看出志玲姐姐的高情商，而高情商又为她带来了好人缘。

在感情中也是如此。

情商高的男人，会在女人疲惫时为她将车窗打开，让她呼吸新鲜空气，会在上车时用手护住女人的头，会在过马路的时候让女人走在内侧；

情商高的女人，会为男人整理衣领，在适当的时候给对方一个台阶，从不咄咄逼人把自己整成辩论赛场上的战斗机。

做好这些小细节，会给人心里留下美好的印象，默默地为你打上一个“有修养有素质”的标签，而这些何尝不是高情商的表现？你的细节做得足够好，其实可以弥补很多其他的缺陷。可能你长得不好看，可能你学历不高，可能工资挣得也不太多，但这并不妨碍你成为一个好修养的人。

改编一句话：用细节打败这个刷脸的世界吧。

如果不知道怎么成为高情商的人，说几个容易忽略的细节吧：

初次见面，一定要努力记住别人的名字。

尽量善待每一位社会上的劳动者。

在电影院，别玩手机，别说话，管好自己的小孩。

就算你再喜欢猪肉大葱馅儿的包子，也别在公交车、地铁上吃。

就像我活得再糙，也仍然会用纸巾把鱼刺包起来再扔掉，这也是吃货的一种细节式情商吧。

人生最大的悲哀莫过于装得下千万陌生人，
却容不下那个TA，
有时候，
爱会让人面目可憎。
晚安。

你的衣柜永远多一件衣服

作者：凤羽玲

开心的时候买，
难过的时候买，
衣柜里总少那么一件，
可好像又总多那么一件。

挫败感，有时候无须庞大的理由和仪式感的事件，比如，清早面对满满当当的衣柜，居然一分钟之内选不出一套美美的搭配。

这样的发呆，大概是每个女生都遭遇过的。

俗话说，每个女人的衣柜都少一件衣服。其实，每个女人的衣柜又何尝不是多了一件衣服呢？

直到有一天，衣柜塞不下现有的衣服，蔓延到凳子上和床上，找一件衣服费劲又头疼，我想，是时候有所作为了，于是分几次处理掉了2/3的衣服。

现在，剩下1/3的衣服全部悬挂收纳，一目了然，取用方便。

清理衣柜这件小事，开始只是想要方便生活，却意外收获了重塑三观的效果。

对时间对旧物的感恩和对当下的珍惜。

清理东西的一大心结，就是这件东西曾陪伴我经历过某件事，或承载着某个人的浓情厚意才出现在这里，于是清理也带着三分愧疚和犹豫。是的，这些物品曾经见证的情感和往事都是生命中独一无二的，我们应该好好感谢这些物品陪伴我们的时光，但时过境迁，它们的功能和样式都渐行渐远，不如就此作别，要知道也是它们带你来到了当下，教你享受新的生活。

享受喜欢的东西正在使用中的幸福感。

过去人们喜欢把好东西留到年节或者贵客到访时使用，又有些东西虽有更好的替代品，可现在使用的没有损坏，也不忍丢弃。暗暗投射在心里的都是“再等等”。可有什么理由要继续忍受着有却不用的蠢蠢欲动？

我们努力学习，积极工作，都是为了追求想要的生活，而喜欢的东西作为想要的生活里最可触摸的部分，使用它们能带给我们真真切切的幸福感，甚至还有继续前行的目标和动力。

对生活细节有条不紊的掌控感。

我们留着许多以为会用得上的东西，真正需要用的时候，用上的可能性却微乎其微，一件放到忘了的东西和不方便拿的东西也就意味着并不需要。在处理掉不常用的物品后，剩下的东西以有序易取的状态呈现，对做每一件事需要用到的东西置身何处都胸有成竹，这种笃定的感觉真的太好了，没有犹豫，也没有多余，就是它，得体大方、刚好合用。

购买承受范围内较好东西的认同感。

所有“买买买”和“刷刷刷”的行为后面，都关联着消费选择和购买能力。当经历过降低单品数量和甄选单品质量的过程，对待每一件新购入单品的态度，也就更理性和慎重了。购买一件单品的理由也从“还不错”“有活动”“性价比高”变成了“我真的非常喜欢”而且“日常可以经常使用”。随之而来的，是每一件单品的可承受价格也提高了，因为10件“差不多”都不如一件“非常好”。

如果你也遇到过和我一样的困扰，不如试试剔除以下衣物，为衣柜瘦身吧：

1．起球的、染色的、褪色的、变形的、不合身的、舒适度欠佳的。
2．特殊场合、繁复搭配才能穿的，款式或颜色过分夸张的。
3．近一年没有穿过的，款式明显过时的，视觉效果显旧的。

4．紧身、低胸、露背、透视、吊带、热裤，已经没法儿再hold住的。
5．没有继续穿的欲望的，众多同类里小透明的，找不出留下理由的。

有过出差或旅游经历的你，应该不难发现，一个箱子装7到10套可以互相搭配的衣服，已经足够应付一个月的行程。那一年四季，一季10套互不重复的衣服，加上10套特别场合的衣服，也就足够你任何时候光彩照人地出现在朋友面前了，更何况，聪明如你一定会把这些衣服排列组合出更多花样。

从衣柜开始，从卧室出发，作为一个追求新鲜和活力的人，处理掉衣柜里多的那一件衣服吧。人们常说，太长时间不穿的衣服，在衣柜里也是会有怨气的。

换个角度犒赏自己，
你值得更精简更优质的生活。
喂，
该扔了哦！
晚安。

念旧是每个人都有的小情绪

作者：13

我们喜欢旧的东西，
喜欢和它一起成长、
一起经历的过程。
那点儿念念不忘的，
可能也是不为人知的，
是我不愿触碰的雷区。

最近好多人不约而同念起旧事，无聊时我就拿“念旧”这个词骚扰了“度娘”一下，得见了晋、唐、宋、清时的诗词歌赋四条，都够旧的，也都够无奈的。想想也是，旧的人、事已过，只能念念不忘，然而也未必都有回响，心大的人可能会把这遗憾之味就着米饭闷头吃掉，化作抬头跟眼前人笑靥如花或拍桌撕B之力，也算修成了百炼成钢的强大心脏。

可是啊，这也是我的要害。那点儿念念不忘的，可能也是不为人知的，是你强大内心仓库角落的百宝箱里，小心翼翼藏在众多宝贝下面的那个，像是狐妖修行千年才得来的金丹，是所有能量的来源，也是最容易致死的命门。

日光底下并无新事，心里的百宝箱不能装下所有的旧，所以“念旧”还真的就像炼丹，时间空间里的记忆一股脑儿地在心里烧，有时热、有时疼、有时悲、有时喜……然后等到你觉得释然了，恭喜，这百宝箱里又多了一个宝贝。

所以，在念旧的时候，我往百宝箱里装了什么呢?

一篮新鲜的瓜果蔬菜

是姥姥亲手建起的叫作“家”的城堡。

我对“家”的具象概念永远是幼年时的老家大院，初夏的早晨上学出门前先去屋子后的草莓园里挑红透的采一捧在路上吃，要留下一些差一点儿红的，放学的时候就刚好红透；草莓季过后，就是樱桃、桃子、葡萄、甜秆、枣子的季节了，各种花也开了，蔬菜也都成熟了，仲夏的晚饭大都是在院子里伴着夕阳吃，我通常还会从饭桌跑到菜园里揪下偶尔瞥见的更漂亮的小黄瓜、小柿子、小萝卜……那时候，一年四季节奏分明，我跟着姥姥，看她在不同的节气做不同的活儿，一家人的吃穿住用都丰盛温暖、井然有序。

后来，我长大了，姥姥走了，家搬进了城市，爸爸妈妈也再没有打理老家的院子了，“家”好像随之也消失了。我那被姥姥惯坏的味觉系统也越发怀念老家院子里的瓜果蔬菜，我很少想家，但想念那个城堡一样的小院落，想念姥姥。

她没有教我任何大道理，却亲手用一生的时间，建造家的规则和庇护给我们，成为爱的根源，叫我明白生活的意义是要将它传承下去。

一张笑成傻缺的脸

那是“朋友”的标志性表情。

对“被动死宅星人”来说，“朋友”的意义更像没有血缘关系的亲人，稀少而金贵。前几天《奇葩说》里争辩“跟蠢人做朋友是不是傻”，可是严格意义上说，我们都是蠢人和傻子，没有谁比谁更加聪明，只有谁比谁更加合得来。如果友情的质量要靠是否“聪明”来衡量，好像跟卖白菜也没什么区别，不是说卖白菜不好，而是说那是斤斤计较的生意，不是生活。

所以我常常念想那些一起犯傻的时光，加班到凌晨然后去吃水煮鱼辣到不困，“贱人”和“宝贝”们群聊里的各种吐槽和污段子，探讨各种“不知道”“怎么办”“好看好吃好玩”，彼此的缺点都成为笑点和特点，叫我知道我们生来愚钝且不完美，“成长”不是扎红领巾抹红脸蛋的少先队员的专有名词，而是属于生命的每个瞬间，而有幸，我这张扁平傻缺脸的旁边，也常有闪着无知光芒的、充满求知欲的一张张可爱的脸陪伴，勇往直前。

一套手工刻画的旅行箱贴

载着上次爱情留下的所有美好记忆。

他木讷、话少、死宅、胆小、对未来毫无计划……但是帅啊，虽然别人不这么觉得。他能在第一次见面就默契地跟我同时做鬼脸；他能让我哭得要被路人送去精神病院，也能让我笑得像个智障；他能给我讲超冷的笑话；他能变出我想要的一切，比如一只猫……吃完饭一起逛雨后的马路，我接到朋友的电话聊起来，他就安静地牵着我一直走一直走，当时真希望就这样一直走到世界尽头。可我们走到了分岔路，因为人生的方向不同，而我们都不愿放弃自我，更不愿对方放弃自我，因为爱着对方原本的样子。他用几天的时间做了一套旅行箱贴给我，然后在临行前为我默默贴好，我不记得我在机场是不是哭了，只记得从此以后，生活和他都被装进了行李箱，与我四处奔走。

我常常看着旅行箱想起他，叫我不要为任何事情放弃追求自己的人生，哪怕是爱情。

百宝箱里还有什么呢？小蚂蚁、一块饼干、一只猫、一个本子、一支笔、一句话、一首歌和一些电影的片段、星星和大海……甚至整个宇宙，对，我们的身体构成跟宇宙的星系构成没有什么区别，发肤、器官、细胞如星辰互相协调运行，由7×10^{27}个原子组成。而你，就是这宇宙的主宰，你能决定让它发光发热、积极乐观，也能决定让它冷漠自私、灰暗痛苦。

俗话说，“人如其食”，吃什么就是什么，想什么、说什么、做什么、爱什么……就是什么；同样，怀念些什么，你就是什么。

在你宇宙的百宝箱里，你会装些什么呢?

BTW（另外），你也可以装A、C、D、E、F、G等24个英文字母，除了B和X。

念旧，
是每个人都有的小情绪，
我不爱扔掉我的那些“破烂儿”，
也不想朋友离开，
更不愿再次遇见你。

新，不代表好，
旧，不代表老，
只是岁月经过，
都是我们自己。
晚安。

怕你看破，用笑掩过

作者：fany

我们最擅长的，
就是成为一个外向的孤独患者，
一面露出来，
一面藏起来，
就像多年前课本里那篇《装在套子里的人》。

“嘿，你知道吗？其实我是个挺内向的人。”

当一个“中二青年”跟我说出这句话的时候我的白眼是翻到脚后跟的，她几乎每天要笑八百回，说一万句话，然而跟我说她是个内向的人？拒绝接受。

后来慢慢深交，我收回了自己年少不懂事时翻出去的白眼，对她报以微笑。

因为我亲眼见证她在自己精神几乎崩溃时还在跟身边的人开玩笑，笑得泪光闪烁，我也在深夜接到她的电话听到她哽咽的声音，那时候才知道，这世上有个词叫作“外向的孤独患者”。

日剧《伪装夫妇》里，天海佑希是一位大龄单身图书管理员，自从在大学时被前男友抛弃后，她就把自己封闭起来，用招牌式的微笑做假面，但是内心却常常有一个腹黑的旁白在吐槽。

我们最擅长的，就是成为一个外向的孤独患者，一面露出来，一面藏起来，就像多年前课本里那篇《装在套子里的人》。

有人说最悲伤的喜剧人物是小丑，他的角色需要他这么做，他的职责就是逗大家开心，可没有人关心他自己是不是真的开心。所以几米的画里，看不到快乐的小丑，永远是蹲在角落眼神空洞的小丑，在聚光灯下看不到的小丑。

每个人都有眼睛、嘴巴，饿了要吃，难过要流泪，看起来是很自然的事情，但年纪越大，这样自然的事情却越难做到。大多时候，我们掩盖真实的情感，不是因为虚伪，而是因为缺乏安全感，我们不知道表达真实的情感之后会怎么样，可能会被讨厌、被无视，或者被嘲笑，于是干脆不让你们知道。

我不想被你看穿我的脆弱，所以掉眼泪的时候就用笑掩过。

苏打绿在《他夏了夏天》的MV里，走上日本街头，给每一个遇到的路人都发一片青柠檬，观察他们的表情。大多数的路人都在咬了一口青柠檬之后，眉头紧皱两秒，然后仍然对着镜头挤出蹩脚的笑容。

人生充满了酸楚，只好假装自己尝到了甜头。

在朋友们面前，外向孤独患者是炒热气氛的高手，机智幽默也好，搞笑卖蠢也罢。他们用最强烈的快乐感染别人，却在人群散去之后，开始品尝自己的孤独。

我不曾摊开伤口任宰割，
愈合就无人晓得，
我内心挫折。

你有多久没有在人前哭过了？

就算遇到了再大的委屈，被领导骂，被“水逆”欺压，被陌生人骗，交不起房租……大多的解决方式都是叫上几个朋友在酒馆碰头，喝顿大酒，要不就回去躲在被子里大哭一场。

越来越多的人成了孤独患者，深夜饮酒痛哭，太阳升起来后，用精心打扮好的皮囊示人，那些眼泪和鼻涕都蒸发成天边一朵云，冷眼旁观。

外向的孤独患者大多很脆弱，他们的笑是一种掩藏脆弱的手段，笑得越大声，那掩藏手段就越明显。

也许你笑他们虚伪，似乎只要一盏聚光灯打下，就必须咧开嘴，笑对人生；而灯光一灭，就躲在角落，开始逃跑计划。

他们只是不知道如何表达情绪而已。
就像陈奕迅的歌词所说：

欢笑声，欢呼声，
炒热气氛，心却很冷。
…………
我真佩服我，
还能幽默，
掉眼泪时用笑掩过，
怕人看破，顾虑好多，
不谈寂寞，我们就都快活。

今天学到一个新的词：
“自抱自泣”，
送给每一位和我一样的外向的孤独患者，
抱抱。
晚安。

散场之后，我们慢点儿走

作者：凤羽玲

青春当道时，
穷、丑、差都能理直气壮，
可青春散场，
一切都不一样了。

那一天回家，她对着镜子卸了耳环，突然发现眼下的细纹如此卡粉，熬了几天夜的黑眼圈也大大方方地站出来，一点儿也没有给遮瑕膏面子。

作为资深美女，是不能容忍这样的放纵的。晚上她小心翼翼敷上了面膜，也果断为昂贵的眼霜下了订单。

尽管早晚呵护，眼下的细纹在一个月之后似乎也并无好转，手机里却传来毕业10周年聚会的群信息。

那一天回家，他倒头就睡，早上起来冲凉，胃里面还翻滚着隐隐作祟的酒精，早上头还有些难受，可下午会议的方案修改稿还等着他。

作为上进青年，是不能给自己借口的。他熟练地拉开抽屉找出胃药，又冲了杯加浓咖啡提神。

尽管这一天工作完成度还不错，但不得不承认，下班时分已是疲态丛生，手机却传来了毕业10周年聚会的群信息。

毕业多年后的聚会，大家顶着原来的名字，过着陌生的生活。觥筹交错间，曾经的校园时光被翻出来，以叙旧的名义一遍又一遍消费又消遣。

那时候年轻，一切都不是问题。

穷。除了个别富二代，那时候大家实在大同小异，永远不够花的生活费，为另一半过生日提前两个月开始啃的泡面，看一场演唱会节衣缩食的小半年，想起来都很可爱。要是打工赚到零花钱或者奖学金入账，给父母买点儿礼物、请室友吃大餐是标配。没钱，很正常啊。

丑。那时候的审美水平和时尚程度可远不如现在，可是这有什么关系呢，架不住那一脸的胶原蛋白和郁郁葱葱的劲儿，防晒保养不用太讲究，熬夜后睡个懒觉就能满血复活，身上衣服的颜色款式就算火星撞地球，也不至于太难看，更何况那一刻不得闲的运动量，想胖简直没门儿。

差。偏科能蹭课、挂科能重修、外语靠晨读、专业靠自修，只要想补缺，总有一款适合你。就算是脾气差也没事啊，金句频出、热辣毒舌，简直是大家的开心果嘛。生存能力差，那是离家不久；特长技能差，那是没开始学；社会见识差，那是年龄摆着，还嫩呢。

青春当道时，穷、丑、差都能理直气壮。

可青春散场，一切都不一样了。

年轻就像一块理由充分的磨砂玻璃，把所有的短板都朦胧美化了，可当时间的雨水填满了磨砂玻璃的小缝隙，经由普通玻璃看过去的现状，就是冷暖人生了。

青春是一剂麻药，让人以为大家都一样，忽略了未来即将发生的不一样。

有人平步青云，更多人焦头烂额。

有人被时光遗忘，更多人中年发福。

有人还是神一般的存在，更多人浑浑噩噩。

这样的场景，也许是每一个毕业数年，即将告别2字头年龄的人都遇到过，或者是即将遇到的。

在走出校园的时候，青春余额尚满，而在未来的日子里，如何和青春体面作别，值得一辈子作答。

我们喜欢青春，因为有无限可能，甚至，犯错的可能。

我们羡慕年轻，因为有太多勇气，包括，重来的勇气。

但关于成长这件事，人们似乎更热衷于挑热闹的纪念日，而不是挑正确的路。

我们未必能跨越阶级，但至少可以跨越思维。

我们未必能改写年纪，但至少可以改写心态。

我们未必能改变世界，但至少可以改变自己。

纵然每个人起点不同、方向各异，但你还能和自己过招，只要你愿意：

学习。这大概是世界上最廉价的高贵，付出时间和少少的钱，就能交换到前辈们所有的心思和时间。

健身。最有借口不想去做、最没有借口应该去做的都是它。成人世界里付出一定有回报的事情，舍它其谁？

尝试。没有人的运气会一直好，所有的尝试都不必遗憾。若是美好，叫作精彩；若是糟糕，叫作经历。

人生舞台，不起舞便是辜负。
没有一天是太晚而没办法继续努力的一天。
没有一个人可以阻挡我们成为想要成为的人。
即便与世界交手多年，也愿你有一颗好奇的心，青春散场之后，还能从从容容慢慢走。

对自己狠一点儿，
生活才会对你仁慈。
晚安。

左手情怀，右手面包

作者：凤羽玲

如果时光倒转，
重新来过，
大概一样会后悔。
要知道，
当渴望的另一条路变成抵达，
一样会生厌，
重蹈覆辙。

其实一直都不太明白，成功学的书籍为什么总能占据销售排行榜上不低的位置。一个陌生人，怎么替另一个陌生人定义成功？你的终点或许是他的起点，一个人想转身离开的或许是另一个人奋不顾身追求的。

以下的鼓吹也司空见惯：辞职环游世界、坚持素食健身、为梦死磕到底，才叫淋漓尽致、不虚此生的追寻生命意义。仿佛朝九晚五、循规蹈矩的小日子就形同蝼蚁、黯淡无光，只配把温水煮青蛙当吉祥物。

似乎总有这样的困惑，在一个又一个的十字路口，放弃的那一个选择，会不会更好。

该考公务员，还是该北漂，弹着那把木吉他实现歌手梦?

该和合适的TA结婚生子，还是等待天造地设的那个人?

该学英语和PPT助力工作，还是应该拿起久违的画笔?

该宅在家里看剧打游戏，还是该趁着年轻骑行川藏线?

纠结第一种生活的安逸，却害怕磨尽激情；憧憬第二种生活的浪漫，又畏惧粉身碎骨。别以为是工作忙、收入差、走不开才留在原地，也许有的人天生就缺失浪荡的基因，而另一些人身未动都能心生海啸。

假如你投身烂大街的情怀怀抱，并诅咒面包狼狈不堪，仅仅是因为自己不想努力、不求上进、害怕未来，粉饰懒惰和贪婪，那你在情怀的路上也走不远。

如果你喜欢镶钻的限量级面包，并鄙视情怀的假大空，为此不惜放弃身体健康、家人团聚、正常作息，言必称天道酬勤，那你的面包配比也未必营养。

情怀和面包，两种生活都是年轻的幻想，其实它们并行不悖。平淡生活也能有爱好，激烈生活也会有琐碎。哪儿有什么绝对正确的选择呢？只有接下来的行动，才让选择变得更加正确，或者更加错误。

但自寻烦恼的人，总将未曾选择的另一个岔路，视作最正确的选择，生生辜负了年华。一直记得“要是当时选了×××多好”的人，如果时光倒转，重新来过，大概一样会后悔。要知道，当渴望的另一条路变成抵达，一样会生厌，重蹈覆辙。

行路有跋涉之累，奋飞有坠落之忧，人生不可两全，凡你所欣盼者，俱有不测之苦。与其徒劳地彷徨，不如感受内心的脉搏，不管是背井离乡的奋斗，还是家人长伴的平淡，不论是看遍河山的豪情，还是一宅到底的静默，都请将内心深处想要的生活贯彻到底。别理观众，他们都会提前退场，去做自己的选择。

当我们离开大学校园，会发现再也没有“标准答案”这件事，甚至连“参考答案”都销声匿迹，最糟糕的是，每个人每一天的卷子都不一样。

但其实，小学课本已经教会我们，小马过河，别道听途说。唯有感知自己内在的真实需求，正视当下的外在环境，选择并承担，才能前行。

捡到最美的贝壳，关键在于捡到之后心满意足，而非频频回首。

成功，是以自己理想的方式过一生，不掩饰，不虚伪，不谄媚，不强求。

祝你左手情怀，

右手面包，

得偿所愿。

晚安

图书在版编目（CIP）数据

愿你成为一个发光的人 / 一个人Alone编著. —长沙：湖南文艺出版社，2016.10
ISBN 978-7-5404-7810-0
Ⅰ.①愿… Ⅱ.①一… Ⅲ.①随笔—作品集—中国—当代 Ⅳ.①I267.1

中国版本图书馆CIP数据核字（2016）第236269号

上架建议：畅销·散文

YUAN NI CHENGWEI YI GE FAGUANG DE REN
愿你成为一个发光的人

编 著 者：一个人Alone
出 版 人：曾赛丰
责任编辑：薛　健　刘诗哲
监　　制：毛闽峰　李　娜
特约策划：杨清钰
特约编辑：吕　晴
营销编辑：雷清清
封面设计：黄柠檬
版式设计：张丽娜
插　　画：彭　璐
出版发行：湖南文艺出版社
（长沙市雨花区东二环一段508号　邮编：410014）
网　　址：www.hnwy.net
印　　刷：北京京都六环印刷厂
经　　销：新华书店
开　　本：875mm × 1270mm　1/32
字　　数：202千字
印　　张：8.5
版　　次：2016年10月第1版
印　　次：2021年 7 月第2次印刷
书　　号：ISBN 978-7-5404-7810-0
定　　价：39.80元

质量监督电话：010-59096394
团购电话：010-59320018